만해 한용운 시전집

만해
한용운
시전집

만해사상실천선양회 엮음

참글세상

1% 나눔의 기쁨

책 머리에

역사가 인물을 만든다지만 거꾸로 인물이 역사를 만들기도 한다. 만해 한용운 스님이야말로 이 경우에 가장 적절한 인물이다. 스님은 불우한 역사가 낳은 걸출한 인물이자 스스로 척박한 시대를 개척해 간 인물이기 때문이다.

널리 알려져 있듯이 한용운 스님은 우리 민족이 일제의 식민통치에서 신음하고 있을 때 민족대표 33인의 한 사람으로서 3·1독립운동을 주도한 독립운동가이자 현대 시문학의 큰 봉우리인 《님의 침묵》을 쓴 시인이시다. 뿐만 아니라 스님은 불교의 유신을 주창한 불교사상가이자 개혁운동가로서도 탁월한 성취를 이룩한 분이다. 보통사람으로서는 평생을 한 분야에 바쳐도 성취하기 힘든 업적을 한용운 스님은 현대 한국의 문학예술사, 독립운동사, 그리고 불교사상사 세 분야에서 모두 빛나는 발자취를 남긴 것이다.

이러한 스님의 업적은 이미 여러 분야 연구가들에 의해 수많은 검토와 연구가 이루어졌으므로 여기서 그것을 재론하는 것은 오히려 번거로운 일이다. 다만 후세를 살아가는 우리로서는 어떻게 하면 스님이 보여 준 독립정신과 문학정신과 불교개혁의 사상을 실천하느냐 하는 것이 과제다. 그래서 우리들은 동지와 뜻을 모아 지난 1996년 6월 '만해사상실천선양회'를 결성하고 스님의 출가 본사이자 《님의 침묵》과 〈조선불교유신론〉을 집필한 백담사를 근본도량으로 삼아 여러 가지 사업을 펼치고 있다. 우리가 하고 있는 활동에는 만해상 시상을 비롯해 만해시인학교 개설, 만해기념관 건립, 만해사상 선양을 위한 자료발간 등 굵직한 사업이 포함돼 있다. 이 중 만해상 시상과 시인학교 개설, 기념관 건립은 이미 본격적인 운영에 들어갔으며 올해부터는 그 후속사업으로 자료집 발간에 착수했다.

《한용운시전집》은 이 같은 사업의 일환으로 발간하는 것으로써 여기에는 수많은 사람의 사랑을 받아온 시집 《님의 침묵》에 수록된 88수의 시 외에도 그 동안 연구자들에 의해 발견된 산시(散詩) 18수, 시조 32수, 동시 3수, 그리고 한문으로 쓴 선시(禪詩) 163수 등이 모두 포함돼 있다. 우리의 의도는 모든 만해시를 망라한 결정판을 출판함으로써 한용운 스님의 시세계가 어디까지 미치고 있는가를 한 눈에 조감할 수 있도록 하는 것이다. 우리는 이 시집이 그런 역할을 충분히 할 수 있을 것으로 믿는다.

우리는 이에 그치지 않고 계속해서 스님의 불교사상가로서의 면모를 엿볼 수 있는 〈조선불교유신론〉을 비롯한 불교관련 논설을 묶은 자료집과, 독립운동가로서의 면모를 알게 하는 〈조선독립의 서〉와 각종 논설을 정리한 자료집도 곧 발간할 계획이다. 이러한 작업은 시인으로서의 만해와, 불교사상가 만해, 독립운동가 만해의 모습을 현대의 독자들에게 가감없이 사실 그대로 전달해 주는 역할을 할 것으로 기대한다.

　끝으로 이와 같은 사업이 순조롭게 추진될 수 있도록 물심양면으로 후원해 준 강호제현과 특히 이 사업을 실질적으로 지도해 주고 계신 백담사 회주 오현 스님의 끝없는 원력에 삼가 두손 모아 감사의 인사를 올린다. 아울러 이 사업이 계속적으로 추진될 수 있도록 더 많은 분들의 관심과 지도편달을 바라마지 않는다.

　　　　　　　　　　　　불기 2542년 가을

　　　　　만해사상실천선양회 회장 명호근 합장

차 례

제2부 • 尋牛莊散詩

제3부 • 禪詩/李元燮 譯

제 1 부

님의 沈默

군말

    '님'만 님이 아니라 기룬 것은 다 님이다. 중생이 석가의 님이라면 철학은 칸트의 님이다. 장미화(薔薇花)의 님이 봄비라면 마시니의 님은 이태리다. 님은 내가 사랑할 뿐 아니라 나를 사랑하나니라.

    연애가 자유라면 님도 자유일 것이다. 그러나 너희는 이름 좋은 자유에 알뜰한 구속을 받지 않느냐. 너에게도 님이 있느냐. 있다면 님이 아니라 너의 그림자니라.

    나는 해 저문 벌판에서 돌아가는 길을 잃고 헤매는 어린 양이 기루어서 이 시를 쓴다.

저자

님의 침묵

님은 갔습니다. 아아 사랑하는 나의 님은 갔습니다.

푸른 산빛을 깨치고 단풍나무숲을 향하여 난 작은 길을 걸어서 차마 떨치고 갔습니다.

황금의 꽃같이 굳고 빛나던 옛 맹서는 차디찬 티끌이 되어서 한숨의 미풍에 날아갔습니다.

날카로운 첫 '키쓰'의 추억은 나의 운명의 지침을 돌려 놓고 뒷걸음쳐서 사라졌습니다.

나는 향기로운 님의 말소리에 귀먹고 꽃다운 님의 얼굴에 눈멀었습니다.

사랑도 사람의 일이라 만날 때에 미리 떠날 것을 염려하고 경계하지 아니한 것은 아니지만 이별은 뜻밖의 일이 되고 놀란 가슴은 새로운 슬픔에 터집니다.

그러나 이별을 쓸데없는 눈물의 원천을 만들고 마는 것은 스스로 사랑을 깨치는 것인 줄 아는 까닭에 걷잡을 수 없는 슬픔의 힘을 옮겨서 새 희망의 정수박이에 들어부었습니다.

우리는 만날 때에 떠날 것을 염려하는 것과 같이 떠날 때에 다시 만날 것을 믿습니다.

아아 님은 갔지마는 나는 님을 보내지 아니하였습니다.

제 곡조를 못 이기는 사랑의 노래는 님의 침묵을 휩싸고 돕니다.

이별은 미의 창조

이별은 미의 창조입니다.

이별의 미는 아침의 바탕(質) 없는 황금과 밤의 올(系) 없는 검은 비단과 죽음 없는 영원의 생명과 시들지 않는 하늘의 푸른 꽃에도 없습니다.

님이여, 이별이 아니면 나는 눈물에서 죽었다가 웃음에서 다시 살아날 수가 없습니다. 오오 이별이여.

미는 이별의 창조입니다.

알 수 없어요

바람도 없는 공중에 수직의 파문을 내이며 고요히 떨어지는 오동잎은 누구의 발자취입니까.

지리한 장마 끝에 서풍에 몰려가는 무서운 검은 구름의 터진 틈으로 언뜻언뜻 보이는 푸른 하늘은 누구의 얼굴입니까.

꽃도 없는 깊은 나무에 푸른 이끼를 거쳐서 옛 탑 위의 고요한 하늘을 스치는 알 수 없는 향기는 누구의 입김입니까.

근원은 알지도 못할 곳에서 나서 돌부리를 울리고 가늘게 흐르는 작은 시내는 굽이굽이 누구의 노래입니까.

연꽃 같은 발꿈치로 가이없는 바다를 밟고 옥 같은 손으로 끝없는 하늘을 만지면서 떨어지는 날을 곱게 단장하는 저녁놀은 누구의 시(詩)입니까.

타고 남은 재가 다시 기름이 됩니다. 그칠 줄을 모르고 타는 나의 가슴은 누구의 밤을 지키는 약한 등불입니까.

나는 잊고저

남들은 님을 생각한다지만
나는 님을 잊고저 하여요
잊고저 할수록 생각히기로
행여 잊힐까 하고 생각하여 보았습니다.

잊으려면 생각하고
생각하면 잊히지 아니하니
잊도 말고 생각도 말아 볼까요
잊든지 생각든지 내버려두어 볼까요.
그러나 그리도 아니 되고
끊임없는 생각생각에 님뿐인데 어찌하여요.

구태여 잊으려면
잊을 수가 없는 것은 아니지만
잠과 죽음뿐이기로
님 두고는 못하여요.

아아 잊히지 않는 생각보다
잊고저 하는 그것이 더욱 괴롭습니다.

가지 마서요

그것은 어머니의 가슴에 머리를 숙이고 자기자기한 사랑을 받으려고 삐죽거리는 입술로 표정하는 어여쁜 아기를 싸 안으려는 사랑의 날개가 아니라, 적의 깃발입니다.

그것은 자비의 백호광명(白毫光明)이 아니라 번득거리는 악마의 눈빛입니다.

그것은 면류관과 황금의 누리와 죽음과를 본 체도 아니하고 몸과 마음을 돌돌 뭉쳐서 사랑의 바다에 퐁당 넣으려는 사랑의 여신이 아니라 칼의 웃음입니다.

아아 님이여, 위안에 목마른 나의 님이여, 걸음을 돌리셔요, 거기를 가지 마서요, 나는 싫어요.

대지의 음악은 무궁화 그늘에 잠들었습니다.

광명의 꿈은 검은 바다에서 자맥질합니다.

무서운 침묵은 만상(萬像)의 속살거림에 서슬이 푸른 교훈을 나리고 있습니다.

아아 님이여, 새 생명의 꽃에 취하려는 나의 님이여, 걸음을 돌리셔요, 거기를 가지 마서요, 나는 싫어요.

거룩한 천사의 세례를 받은 순결한 청춘을 똑 따서 그 속에 자기의 생명을 넣어 그것을 사랑의 제단(祭壇)에 제물로 드리는 어여쁜 처녀가 어데 있어요.

달금하고 맑은 향기를 꿀벌에게 주고 다른 꿀벌에게 주지 않는 이상한 백합꽃이 어데 있어요.

자신의 전체를 죽음의 청산에 장사지내고 흐르는 빛으로 밤을 두 쪼각에 베는 반딧불이 어데 있어요.

아아 님이여, 정에 순사(殉死)하려는 나의 님이여. 걸음을 돌리셔요, 거기를 가지 마셔요, 나는 싫어요.

그 나라에는 허공이 없습니다.

그 나라에는 그림자 없는 사람들이 전쟁을 하고 있습니다.

그 나라에는 우주만상의 모든 생명의 쇗대를 가지고 척도를 초월한 삼엄한 궤율(軌律)로 진행하는 위대한 시간이 정지되었습니다.

아아 님이여, 죽음을 방향(芳香)이라고 하는 나의 님이여. 걸음을 돌리셔요, 거기를 가지 마셔요, 나는 싫어요.

고적한 밤

하늘에는 달이 없고 땅에는 바람이 없습니다.
사람들은 소리가 없고 나는 마음이 없습니다.

우주는 죽음인가요.
인생은 잠인가요.

한 가닥은 눈썹에 걸치고 한 가닥은 작은 별에 걸쳤던 님
생각의 금(金)실은 살살살 걷힙니다.
한 손에는 황금의 칼을 들고 한 손으로 천국의 꽃을 꺾던
환상의 여왕도 그림자를 감추었습니다.
아아, 님 생각의 금실과 환상의 여왕이 두 손을 마주잡고
눈물의 속에서 정사(情死)한 줄이야 누가 알아요.

우주는 죽음인가요
인생은 눈물인가요
인생이 눈물이면
죽음은 사랑인가요.

나의 길

이 세상에는 길도 많기도 합니다.

산에는 돌길이 있습니다. 바다에는 뱃길이 있습니다. 공중에는 달과 별의 길이 있습니다.

강가에서 낚시질하는 사람은 모래 위에 발자취를 내입니다. 들에서 나물 캐는 여자는 방초(芳草)를 밟습니다.

악한 사람은 죄의 길을 좇아갑니다.

의(義) 있는 사람은 옳은 일을 위하여는 칼날을 밟습니다.

서산에 지는 해는 붉은 놀을 밟습니다.

봄 아침의 맑은 이슬은 꽃머리에서 미끄럼 탑니다.

그러나 나의 길은 이 세상에 둘밖에 없습니다.

하나는 님의 품에 안기는 길입니다.

그렇지 아니하면 죽음의 품에 안기는 길입니다.

그것은 만일 님의 품에 안기지 못하면 다른 길은 죽음의 길보다 험하고 괴로운 까닭입니다.

아아 나의 길은 누가 내었습니까.

아아 이 세상에는 님이 아니고는 나의 길을 내일 수가 없습니다.

그런데 나의 길을 님이 내었으면 죽음의 길은 왜 내셨을까요.

꿈 깨고서

님이면은 나를 사랑하련마는 밤마다 문밖에 와서 발자취 소리만 내고 한 번도 들어오지 아니하고 도로 가니 그것이 사랑인가요.

그러나 나는 발자취나마 님의 문밖에 가본 적이 없습니다.

아마 사랑은 님에게만 있나봐요.

아아 발자취 소리나 아니더면 꿈이나 아니 깨었으련마는 꿈은 님을 찾아가려고 구름을 탔었어요.

예술가

나는 서투른 화가여요.

잠 아니 오는 잠자리에 누워서 손가락을 가슴에 대고 당신의 코와 입과 두 볼에 새암 파지는 것까지 그렸습니다.

그러나 언제든지 작은 웃음이 떠도는 당신의 눈자위는 그리다가 백 번이나 지웠습니다.

나는 파겁(破怯) 못한 성악가여요.

이웃 사람도 돌아가고 버러지 소리도 그쳤는데 당신의 가르쳐 주시던 노래를 부르려다가 조는 고양이가 부끄러워서 부르지 못하였습니다.

그래서 가는 바람이 문풍지를 스칠 때에 가만히 합창하였습니다.

나는 서정시인이 되기에는 너무도 소질이 없나봐요.

'즐거움'이니 '슬픔'이니 '사랑'이니 그런 것은 쓰기 싫어요.

당신의 얼굴과 소리와 걸음걸이와를 그대로 쓰고 싶습니다.

그리고 당신의 집과 침대와 꽃밭에 있는 작은 돌도 쓰겠습니다.

이별

아아 사람은 약한 것이다, 여린 것이다, 간사한 것이다.
이 세상에는 진정한 사랑의 이별은 있을 수가 없는 것이다.
죽음으로 사랑을 바꾸는 님과 님에게야 무슨 이별이 있으랴.
이별의 눈물은 물거품의 꽃이요 도금한 금방울이다.

칼로 베힌 이별의 '키쓰'가 어데 있느냐.
생명의 꽃으로 빚은 이별의 두견주(杜鵑酒)가 어데 있느냐.
피의 홍보석(紅寶石)으로 만든 이별의 기념반지가 어데 있
느냐.
이별의 눈물은 저주의 마니주(摩尼珠)요, 거짓의 수정이다.

사랑의 이별은 이별의 반면에 반드시 이별하는 사랑보다
더 큰 사랑이 있는 것이다.
혹은 직접의 사랑은 아닐지라도 간접의 사랑이라도 있는
것이다.
다시 말하면 이별하는 애인보다 자기를 더 사랑하는 것이다.
만일 애인을 자기의 생명보다 더 사랑하면 무궁을 회전하
는 시간의 수레바퀴에 이끼가 끼도록 사랑의 이별은 없는 것
이다.

아니다 아니다. '참'보다도 참인 님의 사랑엔 죽음보다도 이별이 훨씬 위대하다.

죽음이 한 방울의 찬 이슬이라면 이별은 일천 줄기의 꽃비다.

죽음이 밝은 별이라면 이별은 거룩한 태양이다.

생명보다 사랑하는 애인을 사랑하기 위하여는 죽을 수가 없는 것이다.

진정한 사랑을 위하여는 괴롭게 사는 것이 죽음보다도 더 큰 희생이다.

이별은 사랑을 위하여 죽지 못하는 가장 큰 고통이요 보은이다.

애인은 이별보다 애인의 죽음을 더 슬퍼하는 까닭이다.

사랑은 붉은 촛불이나 푸른 술에만 있는 것이 아니라 먼 마음을 서로 비치는 무형(無形)에도 있는 까닭이다.

그러므로 사랑하는 애인을 죽음에서 잊지 못하고 이별에서 생각하는 것이다.

그러므로 사랑하는 애인을 죽음에서 웃지 못하고 이별에서 우는 것이다.

그러므로 애인을 위하여는 이별의 원한을 죽음의 유쾌로 갚지 못하고 슬픔의 고통으로 참는 것이다.

그러므로 사랑은 차마 죽지 못하고 차마 이별하는 사랑보다 더 큰 사랑은 없는 것이다.

그리고 진정한 사랑은 곳이 없다.
진정한 사랑은 애인의 포옹만 사랑할 뿐 아니라 애인의 이별도 사랑하는 것이다.

그리고 진정한 사랑은 때가 없다.
진정한 사랑은 간단(間斷)이 없어서 이별은 애인의 육(肉)뿐이요 사랑은 무궁이다.

아아 진정한 애인을 사랑함에는 죽음의 칼을 주는 것이요 이별은 꽃을 주는 것이다.
아아 이별의 눈물은 진이요 선이요 미다.
아아 이별의 눈물은 석가요 모세요 잔다르크다.

길이 막혀

당신의 얼굴은 달도 아니언만
산 넘고 물 넘어 나의 마음을 비춥니다.

나의 손길은 왜 그리 짧아서
눈앞에 보이는 당신의 가슴을 못 만지나요.

당신이 오기로 못 올 것이 무엇이며
내가 가기로 못 갈 것이 없지마는
산에는 사다리가 없고
물에는 배가 없어요.

뉘라서 사다리를 떼고 배를 깨트렸습니까.
나는 보석으로 사다리 놓고 진주로 배 모아요.
오시려도 길이 막혀서 못 오시는 당신이 기루어요.

자유정조

내가 당신을 기다리고 있는 것은 기다리고자 하는 것이 아니라 기다려지는 것입니다.

말하자면 당신을 기다리는 것은 정조보다도 사랑입니다.

남들은 나더러 시대에 뒤진 낡은 여성이라고 삐죽거립니다. 구구한 정조를 지킨다고.

그러나 나는 시대성을 이해하지 못하는 것도 아닙니다.

인생과 정조의 심각한 비탄을 하여 보기도 한두 번이 아닙니다.

자유연애의 신성(?)을 덮어놓고 부정하는 것도 아닙니다.

대자연을 따라서 초연 생활(超然生活)을 할 생각도 하여 보았습니다.

그러나 구경(究竟), 만사가 다 저의 좋아하는 대로 말한 것이요 행한 것입니다.

나는 님을 기다리면서 괴로움을 먹고 살이 찝니다. 어려움을 입고 키가 큽니다.

나의 정조는 '자유정조(自由貞操)'입니다.

하나가 되어 주셔요

님이여. 나의 마음을 가져가려거든 마음을 가진 나에게서 가져가셔요. 그리하여 나로 하여금 님에게서 하나가 되게 하셔요.

그렇지 아니하거든 나에게 고통만을 주지 마시고 님의 마음을 다 주셔요. 그리고 마음을 가진 님에게서 나에게 주셔요. 그래서 님으로 하여금 나에게서 하나가 되게 하셔요.

그렇지 아니하거든 나의 마음을 돌려 보내 주셔요. 그리고 나에게 고통을 주셔요.

그러면 나는 나의 마음을 가지고 님의 주시는 고통을 사랑하겠습니다.

나룻배와 행인

나는 나룻배

당신은 행인.

당신은 흙발로 나를 짓밟습니다.

나는 당신을 안고 물을 건너갑니다.

나는 당신을 안으면 깊으나 옅으나 급한 여울이나 건너갑
니다.

만일 당신이 아니 오시면 나는 바람을 쐬고 눈비를 맞으며
밤에서 낮까지 당신을 기다리고 있습니다.

당신은 물만 건너면 나를 돌아보지도 않고 가십니다그려.

그러나 당신이 언제든지 오실 줄만은 알아요.

나는 당신을 기다리면서 날마다 날마다 낡아갑니다.

나는 나룻배

당신은 행인.

차라리

님이여, 오셔요. 오시지 아니하려면 차라리 가셔요. 가려다 오고 오려다 가는 것은 나에게 목숨을 빼앗고 죽음도 주지 않는 것입니다.

님이여, 나를 책망하려거든 차라리 큰소리로 말씀하여 주셔요.

침묵으로 책망하지 말고 침묵으로 책망하는 것은 아픈 마음을 얼음 바늘로 찌르는 것입니다.

님이여, 나를 아니 보려거든 차라리 눈을 돌려서 감으셔요. 흐르는 곁눈으로 흘겨보지 마셔요. 곁눈으로 흘겨보는 것은 사랑의 보(褓)에 가시의 선물을 싸서 주는 것입니다.

나의 노래

나의 노랫가락의 고저장단은 대중이 없습니다.

그래서 세속의 노래 곡조와는 조금도 맞지 않습니다.

그러나 나는 나의 노래가 세속 곡조에 맞지 않는 것을 조금도 애닯아하지 않습니다.

나의 노래는 세속의 노래와 다르지 아니하면 아니 되는 까닭입니다.

곡조는 노래의 결함을 억지로 조절하려는 것입니다.

곡조는 부자연한 노래를 사람의 망상으로 도막쳐 놓는 것입니다.

참된 노래에 곡조를 붙이는 것은 노래의 자연에 치욕입니다.

님의 얼굴에 단장을 하는 것이 도리어 흠이 되는 것과 같이 나의 노래에 곡조를 붙이면 도리어 결점이 됩니다.

나의 노래는 사랑의 신(神)을 울립니다.

나의 노래는 처녀의 청춘을 쥡짜서 보기도 어려운 맑은 물을 만듭니나.

나의 노래는 님의 귀에 들어가서는 천국의 음악이 되고 님의 꿈에 들어가서는 눈물이 됩니다.

나의 노래가 산과 들을 지나서 멀리 계신 님에게 들리는 줄을 나는 압니다.

나의 노랫가락이 바르르 떨다가 소리를 이루지 못할 때에
나의 노래가 님의 눈물겨운 고요한 환상으로 들어가서 사라
지는 것을 나는 분명히 압니다.

　나는 나의 노래가 님에게 들리는 것을 생각할 때에 광영
(光榮)에 넘치는 나의 작은 가슴은 발발발 떨면서 침묵의 음
보(音譜)를 그립니다.

당신이 아니더면

당신이 아니더면 포시럽고 매끄럽던 얼굴이 왜 주름살이 잡혀요.

당신이 기룹지만 않다면 언제까지라도 나는 늙지 아니할 테여요.

맨 첨에 당신에게 안기던 그때대로 있을 테여요.

그러나 늙고 병들고 죽기까지라도 당신 때문이라면 나는 싫지 안 하여요.

나에게 생명을 주든지 죽음을 주든지 당신의 뜻대로만 하셔요.

나는 곧 당신이어요.

잠 없는 꿈

나는 어느 날 밤에 잠 없는 꿈을 꾸었습니다.

'나의 님은 어데 있어요, 나는 님을 보러 가겠습니다. 님에게 가는 길을 가져다가 나에게 주셔요, 검이여.'

'너의 가려는 길은 너의 님의 오려는 길이다. 그 길을 가져다 너에게 주면 너의 님은 올 수가 없다.'

'내가 가기만 하면 님은 아니 와도 관계가 없습니다.'

'너의 님의 오려는 길을 너에게 갖다 주면 너의 님은 다른 길로 오게 된다. 네가 간대도 너의 님을 만날 수가 없다.'

'그러면 그 길을 가져다가 나의 님에게 주셔요.'

'너의 님에게 주는 것이 너에게 주는 것과 같다. 사람마다 저의 길이 각각 있는 것이다.'

'그러면 어찌하여야 이별한 님을 만나보겠습니까.'

'네가 너를 가져다가 너의 가려는 길에 주어라. 그러하고 쉬지 말고 가거라.'

'그리할 마음은 있지마는 그 길에는 고개도 많고 물도 많습니다. 갈 수가 없습니다.'

검은 '그러면 너의 님을 가슴에 안겨 주마' 하고 나의 님을 나에게 안겨 주었습니다.

나는 나의 님을 힘껏 껴안았습니다.

나의 팔이 나의 가슴을 아프도록 다칠 때에 나의 두 팔에 베어진 허공은 나의 팔을 뒤에 두고 이어졌습니다.

생명

닻과 키를 잃고 거친 바다에 표류된 작은 생명의 배는 아직 발견도 아니 된 황금의 나라를 꿈꾸는 한 줄기 희망의 나침반이 되고 향로가 되고 순풍이 되어서 물결의 한 끝은 하늘을 치고 다른 물결의 한 끝은 땅을 치는 무서운 바다에 배질합니다.

님이여, 님에게 바치는 이 작은 생명을 힘껏 껴안아 주셔요.

이 작은 생명이 님의 품에서 으서진다 하여도 환희의 영지(靈地)에서 순정(殉情)한 생명의 파편은 최귀(最貴)한 보석이 되어서 쪼각쪼각이 적당히 이어져서 님의 가슴에 사랑의 휘장을 걸겠습니다.

님이여, 끝없는 사막에 한 가지의 깃들일 나무도 없는 작은 새인 나의 생명을 님의 가슴에 으서지도록 껴안아 주셔요.

그리고 부서진 생명의 쪼각쪼각에 입맞춰 주셔요.

사랑의 측량

　즐겁고 아름다운 일은 양이 많을수록 좋은 것입니다.
　그런데 당신의 사랑은 양이 적을수록 좋은가봐요.
　당신의 사랑은 당신과 나와 두 사람의 사이에 있는 것입니다.
　사랑의 양을 알려면 당신과 나의 거리를 측량할 수밖에 없습니다.
　그래서 당신과 나의 거리가 멀면 사랑의 양이 많고 거리가 가까우면 사랑의 양이 적을 것입니다.
　그런데 적은 사랑은 나를 웃기더니 많은 사랑은 나를 울립니다.

　뉘라서 사람이 멀어지면 사랑도 멀어진다고 하여요.
　당신이 가신 뒤로 사랑이 멀어졌으면 날마다 날마다 나를 울리는 것은 사랑이 아니고 무엇이어요.

진주

언제인지 내가 바닷가에 가서 조개를 주웠지요. 당신은 나의 치마를 걷어 주셨어요. 진흙 묻는다고.

집에 와서는 나를 어린아기 같다고 하셨지요. 조개를 주워다가 장난한다고. 그러고 나가시더니 금강석을 사다 주셨습니다, 당신이.

나는 그때에 조개 속에서 진주를 얻어서 당신의 작은 주머니에 넣어 드렸습니다.

당신이 어디 그 진주를 가지고 계셔요. 잠시라도 왜 남을 빌려 주셔요.

슬픔의 삼매

하늘의 푸른 빛과 같이 깨끗한 죽음은 군동(群動)을 정화 (淨化)합니다.

허무의 빛인 고요한 밤은 대지에 군림하였습니다.

힘없는 촛불 아래에 사리뜨리고 외로이 누워 있는 오오 님 이여.

눈물의 바다에 꽃배를 띄웠습니다.

꽃배는 님을 싣고 소리도 없이 가라앉았습니다.

나는 슬픔의 삼매(三昧)에 '아공(我空)'이 되었습니다.

꽃향기의 무르녹은 안개에 취하여 청춘의 광야에 비틀걸 음치는 미인이여.

죽음을 기러기 털보다도 가벼웁게 여기고 가슴에서 타오 르는 불꽃을 얼음처럼 마시는 사랑의 광인(狂人)이여.

아아 사랑에 병들어 자기의 사랑에게 자살을 권고하는 사 랑의 실패자여.

그대는 만족한 사랑을 받기 위하여 나의 팔에 안겨요.

나의 팔은 그대의 사랑의 분신인 줄을 그대는 왜 모르셔요.

의심하지 마셔요

의심하지 마셔요. 당신과 떨어져 있는 나에게 조금도 의심을 두지 마셔요.

의심을 둔대야 나에게는 별로 관계가 없으나 부질없이 당신에게 고통의 숫자만 더할 뿐입니다.

나는 당신의 첫사랑의 팔에 안길 때에 온갖 거짓의 옷을 다 벗고, 세상에 나온 그대로의 발가벗은 몸을 당신의 앞에 놓았습니다. 지금까지도 당신의 앞에는 그때에 놓아둔 몸을 그대로 받들고 있습니다.

만일 인위(人爲)가 있다면 '어찌하여야 첨 마음을 변치 않고 끝끝내 거짓 없는 몸을 님에게 바칠고' 하는 마음뿐입니다.

당신의 명령이라면 생명의 옷까지도 벗겠습니다.

나에게 죄가 있다면 당신을 그리워하는 나의 '슬픔' 입니다.

당신이 가실 때에 나의 입술에 수가 없이 입맞추고 '부디 나에게 대하여 슬퍼하지 말고 잘 있으라'고 한 당신의 간절한 부탁에 위반되는 까닭입니다.

그러나 그것만은 용서하여 주셔요.

당신을 그리워하는 슬픔은 곧 나의 생명인 까닭입니다.

만일 용서하지 아니하면 후일에 그에 대한 벌을 풍우(風雨)의 봄 새벽의 낙화(落花)의 수만치라도 받겠습니다.

당신의 사랑의 동앗줄에 휘감기는 체형(體刑)도 사양치 않겠습니다.

당신의 사랑의 혹법(酷法) 아래에 일만 가지로 복종하는 자유형(自由刑)도 받겠습니다.

그러나 당신이 나에게 의심을 두시면 당신의 의심의 허물과 나의 슬픔의 죄를 맞비기고 말겠습니다.

당신에게 떨어져 있는 나에게 의심을 두지 마셔요. 부질없이 당신에게 고통의 숫자를 더하지 마셔요.

당신은

당신은 나를 보면 왜 늘 웃기만 하셔요. 당신의 찡그리는 얼굴을 좀 보고 싶은데.

나는 당신을 보고 찡그리기는 싫어요. 당신은 찡그리는 얼굴을 보기 싫어하실 줄을 압니다.

그러나 떨어진 도화가 날아서 당신의 입술을 스칠 때에 나는 이마가 찡그려지는 줄도 모르고 울고 싶었습니다.

그래서 금실로 수놓은 수건으로 얼굴을 가렸습니다.

행복

    나는 당신을 사랑하고 당신의 행복을 사랑합니다. 나는 온 세상 사람이 당신을 사랑하고 당신의 행복을 사랑하기를 바랍니다.

    그러나 정말로 당신을 사랑하는 사람이 있다면 나는 그 사람을 미워하겠습니다. 그 사람을 미워하는 것은 당신을 사랑하는 마음의 한 부분입니다.

    그러므로 그 사람을 미워하는 고통도 나에게는 행복입니다.

    만일 온 세상 사람이 당신을 미워한다면 나는 그 사람을 얼마나 미워하겠습니까.

    만일 온 세상 사람이 당신을 사랑하지도 않고 미워하지도 않는다면 그것은 나의 일생에 견딜 수 없는 불행입니다.

    만일 온 세상 사람이 당신을 사랑하고자 하여 나를 미워한다면 나의 행복은 더 클 수가 없습니다.

    그것은 모든 사람의 나를 미워하는 원한의 두만강이 깊을수록 나의 당신을 사랑하는 행복의 백두산이 높아지는 까닭입니다.

착인(錯認)

내려오셔요, 나의 마음이 자릿자릿하여요, 곧 내려오셔요.

사랑하는 님이여, 어찌 그렇게 높고 가는 나뭇가지 위에서 춤을 추셔요.

두 손으로 나뭇가지를 단단히 붙들고 고이고이 내려오셔요.

에그 저 나무 잎새가 연꽃 봉오리 같은 입술을 스치겠네, 어서 내려오셔요.

'네네 내려가고 싶은 마음이 잠자거나 죽은 것은 아닙니다 마는 나는 아시는 바와 같이 여러 사람의 님인 때문이어요. 향기로운 부르심을 거스르고자 하는 것은 아닙니다'고 버들 가지에 걸린 반달은 해쭉해쭉 웃으면서 이렇게 말하는 듯하였습니다.

나는 작은 풀잎만치도 가림이 없는 발가벗은 부끄럼을 두 손으로 움켜쥐고 빠른 걸음으로 잠자리에 들어가서 눈을 감고 누웠습니다.

내려오지 않는다던 반달이 사뿐사뿐 걸어와서 창밖에 숨어서 나의 눈을 엿봅니다.

부끄럽던 마음이 갑자기 무서워서 떨려집니다.

밤은 고요하고

밤은 고요하고 방은 물로 시친 듯합니다.

이불은 개인 채로 옆에 놓아두고 화롯불을 다듬거리고 앉았습니다.

밤은 얼마나 되었는지 화롯불은 꺼져서 찬 재가 되었습니다.

그러나 그를 사랑하는 나의 마음은 오히려 식지 아니하였습니다.

닭의 소리가 채 나기 전에 그를 만나서 무슨 말을 하였는데 꿈조차 분명치 않습니다그려.

비밀

비밀입니까, 비밀이라니요, 나에게 무슨 비밀이 있겠습니까.
나는 당신에게 대하여 비밀을 지키려고 하였습니다마는
비밀은 야속히도 지켜지지 아니하였습니다.

나의 비밀은 눈물을 거쳐서 당신의 시각으로 들어갔습니다.
나의 비밀은 한숨을 거쳐서 당신의 청각으로 들어갔습니다.
나의 비밀은 떨리는 가슴을 거쳐서 당신의 촉각으로 들어
갔습니다.
그 밖의 비밀은 한 조각 붉은 마음이 되어서 당신의 꿈으
로 들어갔습니다.
그리고 마지막 비밀은 하나 있습니다. 그러나 그 비밀은 소
리 없는 메아리와 같아서 표현할 수가 없습니다.

사랑의 존재

사랑을 '사랑'이라고 하면 벌써 사랑은 아닙니다.

사랑을 이름지을 만한 말이나 글이 어데 있습니까.

미소에 눌려서 괴로운 듯한 장미빛 입술인들 그것을 스칠 수가 있습니까.

눈물의 뒤에 숨어서 슬픔의 흑암면(黑闇面)을 반사하는 가을 물결의 눈인들 그것을 비출 수가 있습니까.

그림자 없는 구름을 거쳐서 메아리 없는 절벽을 거쳐서 마음이 갈 수 없는 바다를 거쳐서 존재? 존재입니다.

그 나라는 국경이 없습니다. 수명은 시간이 아닙니다.

사랑의 존재는 님의 눈과 님의 마음도 알지 못합니다.

사랑의 비밀은 다만 님의 수건에 수놓는 바늘과 님의 심으신 꽃나무와 님의 잠과 시인의 상상과 그들만이 압니다.

꿈과 근심

밤 근심이 하 길기에
꿈도 길 줄 알았더니
님을 보러 가는 길에
반도 못 가서 깨었구나.

새벽 꿈이 하 짧기에
근심도 짧을 줄 알았더니
근심에서 근심으로
끝간 데를 모르겠다.

만일 님에게도
꿈과 근심이 있거든
차라리
근심이 꿈 되고 꿈이 근심 되어라.

포도주

가을 바람과 아침 볕에 마치맞게 익은 향기로운 포도를 따서 술을 빚었습니다. 그 술 고이는 향기는 가을 하늘을 물들입니다.

님이여, 그 술을 연잎 잔에 가득히 부어서 님에게 드리겠습니다.

님이여, 떨리는 손을 거쳐서 타오르는 입술을 축이셔요.

님이여, 그 술은 한 밤을 지나면 눈물이 됩니다.

아아 한 밤을 지나면 포도주가 눈물이 되지마는 또 한 밤을 지나면 나의 눈물이 다른 포도주가 됩니다. 오오 님이여.

비방

세상은 비방도 많고 시기도 많습니다.

당신에게 비방과 시기가 있을지라도 관심치 마셔요.

비방을 좋아하는 사람들은 태양에 흑점이 있는 것도 다행
으로 생각합니다.

당신에게 대하여는 비방할 것이 없는 그것을 비방할는지
모르겠습니다.

조는 사자를 죽은 양이라고 할지언정 당신이 시련을 받기
위하여 도적에게 포로가 되었다고 그것을 비겁이라고 할 수
는 없습니다.

달빛을 갈꽃으로 알고 흰 모래 위에서 갈매기를 이웃하여
잠자는 기러기를 음란하다고 할지언정 정직한 당신이 교활
한 유혹에 속혀서 청루(靑樓)에 들어갔다고 당신을 지조가
없다고 할 수는 없습니다.

당신에게 비방과 시기가 있을지라도 관심치 마셔요.

'?'

희미한 졸음이 활발한 님의 발자취 소리에 놀라 깨어 무거운 눈썹을 이기지 못하면서 창을 열고 내다보았습니다.

동풍에 몰리는 소낙비는 산모롱이를 지나가고 뜰 앞의 파초잎 위에 빗소리의 남은 음파가 그네를 뜁니다.

감정과 이지가 마주치는 찰나에 인면(人面)의 악마와 수심(獸心)의 천사가 보이려다 사라집니다.

흔들어 빼는 님의 노랫가락에 첫 잠든 어린 잔나비의 애처로운 꿈이 꽃 떨어지는 소리에 깼습니다.

죽은 밤을 지키는 외로운 등잔불의 구슬꽃이 제 무게를 이기지 못하여 고요히 떨어집니다.

미친 불에 타오르는 불쌍한 영(靈)은 절망의 북극에서 신세계를 탐험합니다.

사막의 꽃이여, 그믐밤의 만월이여, 님의 얼굴이여.

피려는 장미화(薔薇花)는 아니라도 갈지 않은 백옥(白玉)인 순결한 나의 입술은 미소에 목욕 감는 그 입술에 채 닿지 못하였습니다.

움직이지 않는 달빛에 눌리운 창에는 저의 털을 가다듬는 고양이의 그림자가 오르락내리락합니다.

아아 불(佛)이냐 마(魔)냐 인생이 티끌이냐 꿈이 황금이냐.
작은 새여, 바람에 흔들리는 약한 가지에서 잠자는 작은
새여.

님의 손길

님의 사랑은 강철을 녹이는 불보다도 뜨거운데 님의 손길은 너무 차서 한도가 없습니다.

나는 이 세상에서 서늘한 것도 보고 찬 것도 보았습니다. 그러나 님의 손길같이 찬 것은 볼 수가 없습니다.

국화 핀 서리 아침에 떨어진 잎새를 울리고 오는 가을 바람도 님의 손길보다는 차지 못합니다.

달이 작고 별에 뿔나는 겨울밤에 얼음 위에 쌓인 눈도 님의 손길보다는 차지 못합니다.

감로와 같이 청량한 선사(禪師)의 설법도 님의 손길보다는 차지 못합니다.

나의 작은 가슴에 타오르는 불꽃은 님의 손길이 아니고는 끄는 수가 없습니다.

님의 손길의 온도를 측량할 만한 한란계(寒暖計)는 나의 가슴밖에는 아무데도 없습니다.

님의 사랑은 불보다도 뜨거워서 근심 산(山)을 태우고 한(恨) 바다를 말리는데 님의 손길은 너무도 차서 한도가 없습니다.

해당화

당신은 해당화 피기 전에 오신다고 하였습니다. 봄은 벌써 늦었습니다.

봄이 오기 전에는 어서 오기를 바랐더니 봄이 오고 보니 너무 일찍 왔나 두려워합니다.

철모르는 아이들은 뒷동산에 해당화가 피었다고 다투어 말하기로 듣고도 못 들은 체하였더니,

야속한 봄바람은 나는 꽃을 불어서 경대 위에 놓입니다그려.

시름없이 꽃을 주워서 입술에 대고 '너는 언제 피었니' 하고 물었습니다.

꽃은 말도 없이 나의 눈물에 비쳐서 둘도 되고 셋도 됩니다.

당신을 보았습니다

당신이 가신 뒤로 나는 당신을 잊을 수가 없습니다.
까닭은 당신을 위하느니보다 나를 위함이 많습니다.

나는 갈고 심을 땅이 없으므로 추수가 없습니다.
저녁거리가 없어서 조나 감자를 꾸러 이웃집에 갔더니 주인은 '거지는 인격이 없다. 인격이 없는 사람은 생명이 없다. 너를 도와주는 것은 죄악이다'고 말하였습니다.
그 말을 듣고 돌아나올 때에 쏟아지는 눈물 속에서 당신을 보았습니다.

나는 집도 없고 다른 까닭을 겸하여 민적(民籍)이 없습니다.
'민적 없는 자는 인권이 없다. 인권이 없는 너에게 무슨 정조냐' 하고 능욕하려는 장군이 있었습니다.
그를 항거한 뒤에 남에게 대한 격분이 스스로의 슬픔으로 화하는 찰나에 당신을 보았습니다.
아아 온갖 윤리, 도덕, 법률은 칼과 황금을 제사지내는 연기인 줄을 알았습니다.
영원의 사랑을 받을까, 인간 역사의 첫 페이지에 잉크칠을 할까, 술을 마실까 망설일 때에 당신을 보았습니다.

비

비는 가장 큰 권위를 가지고 가장 좋은 기회를 줍니다.
비는 해를 가리고 세상 사람의 눈을 가립니다.
그러나 비는 번개와 무지개를 가리지 않습니다.

나는 번개가 되어 무지개를 타고 당신에게 가서 사랑의 팔
에 감기고자 합니다.
비 오는 날, 가만히 가서 당신의 침묵을 가져온대도 당신
의 주인은 알 수가 없습니다.

만일 당신이 비 오는 날에 오신다면 나는 연잎으로 윗옷을
지어서 보내겠습니다.
당신 비 오는 날에 연잎 옷을 입고 오시면 이 세상에는 알
사람이 없습니다.
당신이 비 가운데로 가만히 오셔서 나의 눈물을 가져 가신
대도 영원한 비밀이 될 것입니다.
비는 가장 큰 권위를 가지고 가장 좋은 기회를 줍니다.

복종

남들은 자유를 사랑한다지마는 나는 복종을 좋아하여요.

자유를 모르는 것은 아니지만 당신에게는 복종만 하고 싶어요.

복종하고 싶은데 복종하는 것은 아름다운 자유보다도 달금합니다. 그것이 나의 행복입니다.

그러나 당신이 나더러 다른 사람을 복종하라면 그것만은 복종할 수가 없습니다.

다른 사람을 복종하려면 당신에게 복종할 수가 없는 까닭입니다.

참아 주셔요

나는 당신을 이별하지 아니할 수가 없습니다. 님이여, 나의 이별을 참아 주셔요.

당신은 고개를 넘어갈 때에 나를 돌아보지 마셔요. 나의 몸은 한 작은 모래 속으로 들어가려 합니다.

님이여, 이별을 참을 수가 없거든 나의 죽음을 참아 주셔요.

나의 생명의 배는 부끄럼의 땀의 바다에서 스스로 폭침(爆沈)하려 합니다. 님이여, 님의 입김으로 그것을 불어서 속히 잠기게 하여 주셔요. 그러고 그것을 웃어 주셔요.

님이여, 나의 죽음을 참을 수가 없거든 나를 사랑하지 말아 주셔요. 그리하고 나로 하여금 당신을 사랑할 수 없도록 하여 주셔요.

나의 몸은 터럭 하나도 빼지 아니한 채로 당신의 품에 사라지겠습니다.

님이여, 당신과 내가 사랑의 속에서 하나가 되는 것을 참아 주셔요. 그리하여 당신은 나를 사랑하지 말고 나로 하여금 당신을 사랑할 수가 없도록 하여 주셔요. 오오 님이여.

어느 것이 참이냐

엷은 사(紗)의 장막이 작은 바람에 휘둘려서 처녀의 꿈을 휩싸듯이 자취도 없는 당신의 사랑은 나의 청춘을 휘감습니다.

발딱거리는 어린 피는 고요하고 맑은 천국의 음악에 춤을 추고 헐떡이는 작은 영(靈)은 소리없이 떨어지는 천화(天花)의 그늘에 잠이 듭니다.

가는 봄비가 드린 버들에 둘려서 푸른 연기가 되듯이 끝도 없는 당신의 정(情)실이 나의 잠을 얽습니다.

바람을 따라가려는 짧은 꿈은 이불 안에서 몸부림치고 강 건너 사람을 부르는 바쁜 잠꼬대는 목 안에서 그네를 뜁니다.

비낀 달빛이 이슬에 젖은 꽃수풀을 싸라기처럼 부시듯이 당신의 떠난 한은 드는 칼이 되어서 나의 애를 도막도막 끊어 놓았습니다.

문밖의 시냇물은 물결을 보태려고 나의 눈물을 받으면서 흐르지 않습니다.

봄동산의 미친 바람은 꽃 떨어뜨리는 힘을 더하려고 나의 한숨을 기다리고 섰습니다.

정천한해(情天恨海)

가을 하늘이 높다기로
정(情)하늘을 따를소냐.
봄 바다가 깊다기로
한(恨)바다만 못하리라.

높고 높은 정하늘이
싫은 것은 아니지만
손이 낮아서
오르지 못하고
깊고 깊은 한바다가
병될 것은 없지마는
다리가 짧아서
건너지 못한다.

손이 자라서 오를 수만 있으면
정하늘은 높을수록 아름답고
다리가 길어서 건널 수만 있으면
한바다는 깊을수록 묘하니라.
만일 정하늘이 무너지고 한바다가 마른다면
차라리 정천에 떨어지고 한해에 빠지리라.

아아 정하늘이 높은 줄만 알았더니
님의 이마보다는 낮다.
아아 한바다가 깊은 줄만 알았더니
님의 무릎보다는 얕다.

손이야 낮든지 다리야 짧든지
정하늘에 오르고 한바다를 건너려면
님에게만 안기리라.

첫 키쓰

마셔요, 제발 마셔요.

보면서 못 보는 체 마셔요.

마셔요, 제발 마셔요.

입술을 다물고 눈으로 말하지 마셔요.

마셔요, 제발 마셔요.

뜨거운 사랑에 웃으면서 차디찬 잔 부끄럼에 울지 마셔요.

마셔요, 제발 마셔요.

세계의 꽃을 혼자 따면서 항분(亢奮)에 넘쳐서 떨지 마셔요.

마셔요, 제발 마셔요.

미소는 나의 운명의 가슴에서 춤을 춥니다. 새삼스럽게 스스러워 마셔요.

선사의 설법

나는 선사(禪師)의 설법을 들었습니다.

'너는 사랑의 쇠사슬에 묶여서 고통을 받지 말고 사랑의 줄을 끊어라. 그러면 너의 마음이 즐거우리라'고.

그 선사는 어지간히 어리석습니다.

사랑의 줄에 묶이운 것이 아프기는 아프지만 사랑의 줄을 끊으면 죽는 것보다도 더 아픈 줄을 모르는 말입니다.

사랑의 속박은 단단히 얽어매는 것이 풀어 주는 것입니다.

그러므로 대해탈(大解脫)은 속박에서 얻는 것입니다.

님이여, 나를 얽은 님의 사랑의 줄이 약할까봐서 나의 님을 사랑하는 줄을 곱들렸습니다.

그를 보내며

그는 간다. 그가 가고 싶어서 가는 것도 아니요, 내가 보내고 싶어서 보내는 것도 아니지만, 그는 간다.

그의 붉은 입술, 흰 이, 가는 눈썹이 어여쁜 줄만 알았더니 구름 같은 뒷머리, 실버들 같은 허리, 구슬 같은 발꿈치가 보다도 아름답습니다.

걸음이 걸음보다 멀어지더니 보이려다 말고 말려다 보인다.

사람이 멀어질수록 마음은 가까워지고 마음이 가까워질수록 사람은 멀어진다.

보이는 듯한 것이 그의 흔드는 수건인가 하였더니 갈매기보다도 작은 조각 구름이 난다.

금강산

만이천봉(萬二千峰)! 무양(無恙)하냐, 금강산아.

너는 너의 님이 어데서 무엇을 하는지 아느냐.

너의 님은 너 때문에 가슴에서 타오르는 불꽃에 온갖 종교, 철학, 명예, 재산, 그 외에도 있으면 있는 대로 태워 버리는 줄을 너는 모르리라.

너는 꽃에 붉은 것이 너냐.

너는 잎에 푸른 것이 너냐.

너는 단풍에 취한 것이 너냐.

너는 백설에 깨인 것이 너냐.

나는 너의 침묵을 잘 안다.

너는 철모르는 아이들에게 종작 없는 찬미를 받으면서 시쁜 웃음을 참고 고요히 있는 줄을 나는 잘 안다.

그러나 너는 천당이나 지옥이나 하나만 가지고 있으려무나.

꿈 없는 잠처럼 깨끗하고 단순하란 말이다.

나도 짧은 갈궁이로 강 건너의 꽃을 꺾는다고 큰말하는 미친 사람은 아니다. 그래서 침착하고 단순하려고 한다.

나는 너의 입김에 불려오는 조각 구름에 키쓰한다.

만이천봉! 무양하냐, 금강산아.
너는 너의 님이 어데서 무엇을 하는지 모르지.

님의 얼굴

님의 얼굴을 '어여쁘다'고 하는 말은 적당한 말이 아닙니다.
어여쁘다는 말은 인간 사람의 얼굴에 대한 말이요, 님은
인간의 것이라고 할 수가 없을 만치 어여쁜 까닭입니다.

자연은 어찌하여 그렇게 어여쁜 님을 인간으로 보냈는지
아무리 생각하여도 알 수가 없습니다.
알겠습니다. 자연의 가운데에는 님의 짝이 될 만한 무엇이
없는 까닭입니다.

님의 입술 같은 연꽃이 어데 있어요. 님의 살빛 같은 백옥
이 어데 있어요.
봄 호수에서 님의 눈결 같은 잔물결을 보았습니까. 아침
볕에서 님의 미소 같은 방향(芳香)을 들었습니까.
천국의 음악은 님의 노래의 반향입니다. 아름다운 별들은
님의 눈빛의 화현(化現)입니다.

아아 나는 님의 그림자여요.
님은 님의 그림자밖에는 비길 만한 것이 없습니다.
님의 얼굴을 어여쁘다고 하는 말은 적당한 말이 아닙니다.

심은 버들

뜰 앞에 버들을 심어
님의 말을 매렸더니
님은 가실 때에
버들을 꺾어 말 채찍을 하였습니다.

버들마다 채찍이 되어서
님을 따르는 나의 말도 채칠까 하였더니
남은 가지 천만사(千萬絲)는
해마다 해마다 보낸 한(恨)을 잡아맵니다.

낙원은 가시덤불에서

죽은 줄 알았던 매화나무 가지에 구슬 같은 꽃방울을 맺혀 주는 쇠잔한 눈 위에 가만히 오는 봄 기운은 아름답기도 합니다.

그러나 그 밖에 다른 하늘에서 오는 알 수 없는 향기는 모든 꽃의 죽음을 가지고 다니는 쇠잔한 눈이 주는 줄을 아십니까.

구름은 가늘고 시냇물은 얕고 가을 산은 비었는데 파리한 바위 사이에 실컷 붉은 단풍은 곱기도 합니다.

그러나 단풍은 노래도 부르고 울음도 웁니다. 그러한 '자연의 인생'은 가을 바람의 꿈을 따라 사라지고 기억에만 남아 있는 지난 여름의 무르녹은 녹음이 주는 줄을 아십니까.

일경초(一莖草)가 장륙금신(丈六金身)이 되고 장륙금신이 일경초가 됩니다.

천지는 한 보금자리요, 만유(萬有)는 같은 소도(小島)입니다.

나는 자연의 거울에 인생을 비춰 보았습니다.

고통의 가시덤불 뒤에 환희의 낙원을 건설하기 위하여 님을 떠난 나는 아아 행복입니다.

참말인가요

그것이 참말인가요, 님이여, 속임없이 말씀하여 주셔요.

당신을 나에게서 빼앗아 간 사람들이 당신을 보고 '그대는 님이 없다'고 하였다지요.

그래서 당신은 남 모르는 곳에서 울다가 남이 보면 울음을 웃음으로 변한다지요.

사람의 우는 것은 견딜 수가 없는 것인데 울기조차 마음대로 못하고 웃음으로 변하는 것은 죽음의 맛보다도 더 쓴 것입니다.

그러면 나는 그것을 변명하지 않고는 견딜 수가 없습니다.

나의 생명의 꽃 가지를 있는 대로 꺾어서 화환을 만들어 당신의 몸에 걸고 '이것이 님의 님이라'고 소리쳐 말하겠습니다.

그것이 참말인가요, 님이여, 속임없이 말씀하여 주셔요.

당신을 나에게서 빼앗아 간 사람들이 당신을 보고 '그대의 님은 우리가 구하여 준다'고 하였다지요.

그래서 당신은 '독신생활을 하겠다'고 하였다지요.

그러면 나는 그들에게 분풀이를 하지 않고는 견딜 수가 없습니다.

많지 않은 나의 피를 더운 눈물에 섞어서 피에 목마른 그들의 칼에 뿌리고 '이것이 님의 님이라'고 울음 섞어서 말하겠습니다.

꽃이 먼저 알아

옛집을 떠나서 다른 시골에 봄을 만났습니다.

꿈은 이따금 봄바람을 따라서 아득한 옛터에 이릅니다.

지팡이는 푸르고 푸른 풀빛에 묻혀서 그림자와 서로 따릅니다.

길가에서 이름도 모르는 꽃을 보고서 행여 근심을 잊을까 하고 앉았습니다.

꽃송이에는 아침 이슬이 아직 마르지 아니한가 하였더니 아아 나의 눈물이 떨어진 줄이야 꽃이 먼저 알았습니다.

찬송(讚頌)

님이여, 당신은 백 번이나 단련한 금(金)결입니다.
뽕나무 뿌리가 산호가 되도록 천국의 사랑을 받읍소서.
님이여, 사랑이여, 아침 볕의 첫걸음이여.

님이여, 당신은 의(義)가 무거웁고, 황금이 가벼운 것을 잘
아십니다.
거지의 거친 밭에 복의 씨를 뿌리옵소서.
님이여, 사랑이여, 옛 오동의 숨은 소리여.

님이여, 당신은 봄과 광명과 평화를 좋아하십니다.
약자의 가슴에 눈물을 뿌리는 자비의 보살이 되옵소서.
님이여, 사랑이여, 얼음바다에 봄바람이여.

논개의 애인이 되어서 그의 묘에

날과 밤으로 흐르고 흐르는 남강(南江)은 가지 않습니다.

바람과 비에 우두커니 섰는 촉석루는 살 같은 광음(光陰)을 따라서 달음질칩니다.

논개(論介)여, 나에게 울음과 웃음을 동시에 주는 사랑하는 논개여.

그대는 조선의 무덤 가운데 피었던 좋은 꽃의 하나이다. 그래서 그 향기는 썩지 않는다.

나는 시인으로 그대의 애인이 되었노라.

그대는 어데 있느뇨. 죽지 않은 그대가 이 세상에는 없구나.

나는 황금의 칼에 베어진 꽃과 같이 향기롭고 애처로운 그대의 당년(當年)을 회상한다.

술 향기에 목마친 고요한 노래는 옥(獄)에 묻힌 썩은 칼을 울렸다.

춤추는 소매를 안고 도는 무서운 찬바람은 귀신나라의 꽃수풀을 거쳐서 떨어지는 해를 얼렸다.

가냘픈 그대의 마음은 비록 침착하였지만 떨리는 것보다도 더욱 무서웠다.

아름답고 무독(無毒)한 그대의 눈은 비록 웃었지만 우는 것보다도 더욱 슬펐다.

붉은 듯하다가 푸르고 푸른 듯하다가 희어지며 가늘게 떨리는 그대의 입술은 웃음의 조운(朝雲)이냐, 울음의 모우(暮雨)이냐, 새벽달의 비밀이냐, 이슬꽃의 상징이냐.

삐삐 같은 그대의 손에 꺾기우지 못한 낙화대(落花臺)의 남은 꽃은 부끄럼에 취하여 얼굴이 붉었다.

옥 같은 그대의 발꿈치에 밟히운 강 언덕의 묵은 이끼는 교긍(驕矜)에 넘쳐서 푸른 사롱(紗籠)으로 자기의 제명(題名)을 가리었다.

아아 나는 그대도 없는 빈 무덤 같은 집을 그대의 집이라고 부릅니다.

만일 이름뿐만이나마 그대의 집도 없으면 그대의 이름을 불러볼 기회가 없는 까닭입니다.

나는 꽃을 사랑합니다마는 그대의 집에 피어 있는 꽃을 꺾을 수는 없습니다.

그대의 집에 피어 있는 꽃을 꺾으려면 나의 창자가 먼저 꺾어지는 까닭입니다.

나는 꽃을 사랑합니다마는 그대의 집에 꽃을 심을 수는 없습니다.

그대의 집에 꽃을 심으려면 나의 가슴에 가시가 먼저 심어지는 까닭입니다.

　용서하여요 논개여, 금석 같은 굳은 언약을 저버린 것은
그대가 아니요 나입니다.
　용서하여요 논개여, 쓸쓸하고 호젓한 잠자리에 외로이 누
워서 끼친 한에 울고 있는 것은 내가 아니요 그대입니다.
　나의 가슴에 '사랑'의 글자를 황금으로 새겨서 그대의 사
당에 기념비를 세운들 그대에게 무슨 위로가 되오리까.
　나의 노래에 '눈물'의 곡조를 낙인으로 찍어서 그대의 사
당에 제종(祭鍾)을 울린대도 나에게 무슨 속죄가 되오리까.
　나는 다만 그대의 유언대로 그대에게 다하지 못한 사랑을
영원히 다른 여자에게 주지 아니할 뿐입니다. 그것은 그대의
얼굴과 같이 잊을 수가 없는 맹서입니다.
　용서하여요 논개여, 그대가 용서하면 나의 죄는 신에게 참
회를 아니한대도 사라지겠습니다.

　천추에 죽지 않는 논개여,
　하루도 살 수 없는 논개여,
　그대를 사랑하는 나의 마음이 얼마나 즐거우며 얼마나 슬
프겠는가.

나는 웃음이 겨워서 눈물이 되고 눈물이 겨워서 웃음이 됩니다.
　용서하여요, 사랑하는 오오 논개여.

후회

당신이 계실 때에 알뜰한 사랑을 못하였습니다.

사랑보다 믿음이 많고 즐거움보다 조심이 더하였습니다.

게다가 나의 성격이 냉담하고 더구나 가난에 쫓겨서 병들어 누운 당신에게 도리어 소활(疎闊)하였습니다.

그러므로 당신이 가신 뒤에 떠난 근심보다 뉘우치는 눈물이 많습니다.

사랑하는 까닭

내가 당신을 사랑하는 것은 까닭이 없는 것이 아닙니다.
다른 사람들은 나의 홍안만을 사랑하지마는 당신은 나의
백발도 사랑하는 까닭입니다.

내가 당신을 기루어하는 것은 까닭이 없는 것이 아닙니다.
다른 사람들은 나의 미소만을 사랑하지마는 당신은 나의
눈물도 사랑하는 까닭입니다.

내가 당신을 기다리는 것은 까닭이 없는 것이 아닙니다.
다른 사람들은 나의 건강만을 사랑하지마는 당신은 나의
죽음도 사랑하는 까닭입니다.

당신의 편지

당신의 편지가 왔다기에 꽃밭 매던 호미를 놓고 떼어 보았습니다.

그 편지는 글씨는 가늘고 글줄은 많으나 사연은 간단합니다.

만일 님이 쓰신 편지이면 글은 짧을지라도 사연은 길 터인데.

당신의 편지가 왔다기에 바느질 그릇을 치워 놓고 떼어 보았습니다.

그 편지는 나에게 잘 있느냐고만 묻고 언제 오신다는 말은 조금도 없습니다.

만일 님이 쓰신 편지이면 나의 일은 묻지 않더라도 언제 오신다는 말을 먼저 썼을 터인데.

당신의 편지가 왔다기에 약을 달이다 말고 떼어 보았습니다.

그 편지는 당신의 주소는 다른 나라의 군함입니다.

만일 님이 쓰신 편지이면 남의 군함에 있는 것이 사실이라 할지라도 편지에는 군함에서 떠났다고 하였을 터인데.

거짓 이별

당신과 나와 이별한 때가 언제인지 아십니까.

가령 우리가 좋을 대로 말하는 것과 같이 거짓 이별이라할지라도 나의 입술이 당신의 입술에 닿지 못하는 것은 사실입니다.

이 거짓 이별은 언제나 우리에게서 떠날 것인가요.

한 해 두 해 가는 것이 얼마 아니 된다고 할 수가 없습니다.

시들어가는 두 볼의 도화(桃花)가 무정한 봄바람에 몇 번이나 스쳐서 낙화가 될까요.

회색이 되어가는 두 귀 밑의 푸른 구름이 쪼이는 가을 볕에 얼마나 바래서 백설(白雪)이 될까요.

머리는 희어 가도 마음은 붉어 갑니다.

피는 식어 가도 눈물은 더워 갑니다.

사랑의 언덕엔 사태가 나도 희망의 바다엔 물결이 뛰놀아요.

이른바 거짓 이별이 언제든지 우리에게서 떠날 줄만은 알아요.

그러나 한 손으로 이별을 가지고 가는 날(日)은 또 한 손으로 죽음을 가지고 와요.

꿈이라면

사랑의 속박이 꿈이라면
출세(出世)의 해탈도 꿈입니다.
웃음과 눈물이 꿈이라면
무심(無心)의 광명도 꿈입니다.
일체만법(一切萬法)이 꿈이라면
사랑의 꿈에서 불멸(不滅)을 얻겠습니다.

달을 보며

달은 밝고 당신이 하도 기루었습니다

자던 옷을 고쳐 입고 뜰에 나와 퍼지르고 앉아서 달을 한참 보았습니다.

달은 차차차 당신의 얼굴이 되더니 넓은 이마, 둥근 코, 아름다운 수염이 역력히 보입니다.

간 해에는 당신의 얼굴이 달로 보이더니 오늘 밤에는 달이 당신의 얼굴이 됩니다.

당신의 얼굴이 달이기에 나의 얼굴도 달이 되었습니다.

나의 얼굴은 그믐달이 된 줄을 당신이 아십니까.

아아, 당신의 얼굴이 달이기에 나의 얼굴도 달이 되었습니다.

인과율

　당신은 옛 맹서를 깨치고 가십니다.

　당신의 맹서는 얼마나 참되었습니까. 그 맹서를 깨치고 가는 이별은 믿을 수가 없습니다.

　참 맹서를 깨치고 가는 이별은 옛 맹서로 돌아올 줄을 압니다. 그것은 엄숙한 인과율입니다.

　나는 당신과 떠날 때에 입맞춘 입술이 마르기 전에 당신이 돌아와서 다시 입맞추기를 기다립니다.

　그러나 당신의 가시는 것은 옛 맹서를 깨치려는 고의가 아닌 줄을 나는 압니다.

　비겨 당신이 지금의 이별을 영원히 깨치지 않는다 하여도 당신의 최후의 접촉을 받은 나의 입술을 다른 남자의 입술에 대일 수는 없습니다.

잠꼬대

'사랑이라는 것은 다 무엇이냐. 진정한 사람에게는 눈물도 없고 웃음도 없는 것이다.

사랑의 뒤웅박을 발길로 차서 깨뜨려 버리고 눈물과 웃음을 티끌 속에 합장(合葬)을 하여라.

이지와 감정을 두드려 깨쳐서 가루를 만들어 버려라.

그러고 허무의 절정에 올라가서 어지럽게 춤추고 미치게 노래하여라.

그러고 애인과 악마를 똑같이 술을 먹여라.

그러고 천치가 되든지 미치광이가 되든지 산 송장이 되든지 하여 버려라.

그래 너는 죽어도 사랑이라는 것은 버릴 수가 없단 말이냐.

그렇거든 사랑의 꽁무니에 도롱태를 달아라.

그래서 네 멋대로 끌고 돌아다니다가 쉬고 싶어거든 쉬고 자고 싶어거든 자고 살고 싶어든 살고 죽고 싶어거든 죽어라.

사랑의 발바닥에 말목을 쳐놓고 붙들고 서서 엉엉 우는 것은 우스운 일이다.

이 세상에는 이마빡에다 '님'이라고 새기고 다니는 사람은 하나도 없다.

연애는 절대자유요, 정조는 유동(流動)이요, 결혼식장은 임

간(林間)이다.'

　나는 잠결에 큰소리로 이렇게 부르짖었다.

　아아 혹성(惑星)같이 빛나는 님의 미소는 흑암(黑闇)의 광
선에서 채 사라지지 아니하였습니다.

　잠의 나라에서 몸부림치던 사랑의 눈물은 어느덧 베개를
적셨습니다.

　용서하셔요, 님이여. 아무리 잠이 지은 허물이라도 님이 벌
을 주신다면 그 벌을 잠을 주기는 싫습니다.

계월향에게

계월향(桂月香)이여, 그대는 아리따웁고 무서운 최후의 미소를 거두지 아니한 채로 대지의 침대에 잠들었습니다.

나는 그대의 다정을 슬퍼하고 그대의 무정을 사랑합니다.

대동강에 낚시질하는 사람은 그대의 노래를 듣고 모란봉에 밤놀이하는 사람은 그대의 얼굴을 봅니다.

아이들은 그대의 산 이름을 외우고 시인은 그대의 죽은 그림자를 노래합니다.

사람은 반드시 다하지 못한 한을 끼치고 가게 되는 것이다.

그대는 남은 한이 있는가 없는가, 있다면 그 한은 무엇인가.

그대는 하고 싶은 말을 하지 않습니다.

그대의 붉은 한은 현란한 저녁놀이 되어서 하늘길을 가로막고 황량한 떨어지는 날을 돌이키고자 합니다.

그대의 푸른 근심은 드리고 드린 버들실이 되어서 꽃다운 무리를 뒤에 두고 운명의 길을 떠나는 저문 봄을 잡아매려 합니다.

나는 황금의 소반에 아침 볕을 받치고 매화가지에 새봄을 걸어서 그대의 잠자는 곁에 가만히 놓아 드리겠습니다.

자 그러면 속하면 하룻밤, 더디면 한겨울, 사랑하는 계월향
이여.

만족

세상에 만족이 있느냐, 인생에게 만족이 있느냐.
있다면 나에게도 있으리라.

세상에 만족이 있기는 있지마는 사람의 앞에만 있다.
거리는 사람의 팔 길이와 같고 속력은 사람의 걸음과 비례
가 된다.
만족은 잡을래야 잡을 수도 없고 버릴래야 버릴 수도 없다.
만족을 얻고 보면 얻은 것은 불만족이요, 만족은 의연히
앞에 있다.
만족은 우자(愚者)나 성자(聖者)의 주관적 소유가 아니면
약자의 기대뿐이다.
만족은 언제든지 인생과 수적 평행(竪的 平行)이다.
나는 차라리 발꿈치를 돌려서 만족의 묵은 자취를 밟을까
하노라.

아아 나는 만족을 얻었노라.
아지랑이 같은 꿈과 금(金)실 같은 환상이 님 계신 꽃동산
에 둘릴 때에 아아 나는 만족을 얻었노라.

반비례

당신의 소리는 '침묵'인가요.

당신이 노래를 부르지 아니하는 때에 당신의 노랫가락은 역력히 들립니다그려.

당신의 소리는 침묵이어요.

당신의 얼굴은 '흑암(黑闇)'인가요.

내가 눈을 감은 때에 당신의 얼굴은 분명히 보입니다그려.

당신의 얼굴은 흑암이어요.

당신의 그림자는 '광명'인가요.

당신의 그림자는 달이 넘어간 뒤에 어두운 창에 비칩니다그려.

당신의 그림자는 광명이어요.

눈물

　내가 본 사람 가운데는 눈물을 진주라고 하는 사람처럼 미친 사람은 없습니다.

　그 사람은 피를 홍보석(紅寶石)이라고 하는 사람보다도 더 미친 사람입니다.

　그것은 연애에 실패하고 흑암(黑闇)의 기로에서 헤매는 늙은 처녀가 아니면 신경이 기형적으로 된 시인의 말입니다.

　만일 눈물이 진주라면 님의 신물(信物)로 주신 반지를 내놓고는 세사의 진주라는 진주는 다 티끌 속에 묻어 버리겠습니다.

　나는 눈물로 장식한 옥패를 보지 못하였습니다.

　나는 평화의 잔치에 눈물의 술을 마시는 것을 보지 못하였습니다.

　내가 본 사람 가운데는 눈물을 진주라고 하는 사람처럼 어리석은 사람은 없습니다.

　아니어요. 님의 주신 눈물은 진주 눈물이어요.

　나는 나의 그림자가 나의 몸을 떠날 때까지 님을 위하여 진주 눈물을 흘리겠습니다.

　아아, 나는 날마다 날마다 눈물의 선경(仙境)에서 한숨의 옥적(玉笛)을 듣습니다.

나의 눈물은 백천(百千) 줄기라도 방울방울이 창조입니다.

눈물의 구슬이여, 한숨의 봄바람이여, 사랑의 성전을 장엄하는 무등등(無等等)의 보물이여.

아아, 언제나 공간과 시간을 눈물로 채워서 사랑의 세계를 완성할까요.

어데라도

아침에 일어나서 세수하려고 대야에 물을 떠다 놓으면 당신은 대야 안의 가는 물결이 되어서 나의 얼굴 그림자를 불쌍한 아기처럼 얼러 줍니다.

근심을 잊을까 하고 꽃동산에 거닐 때에 당신은 꽃 사이를 스쳐오는 봄바람이 되어서 시름없는 나의 마음에 꽃향기를 묻혀 주고 갑니다.

당신을 기다리다 못하여 잠자리에 누웠더니 당신은 고요한 어둔 빛이 되어서 나의 잔 부끄럼을 살뜰히도 덮어줍니다.

어데라도 눈에 보이는 데마다 당신이 계시기에 눈을 감고 구름 위와 바다 밑을 찾아보았습니다.

당신은 미소가 되어서 나의 마음에 숨었다가 나의 감은 눈에 입맞추고 '네가 나를 보느냐'고 조롱합니다.

떠날 때의 님의 얼굴

꽃은 떨어지는 향기가 아름답습니다.
해는 지는 빛이 곱습니다.
노래는 목마친 가락이 묘합니다.
님은 떠날 때의 얼굴이 더욱 어여쁩니다.

떠나신 뒤에 나의 환상의 눈에 비치는 님의 얼굴은 눈물이
없는 눈으로는 바라볼 수가 없을 만치 어여쁠 것입니다.
님의 떠날 때의 어여쁜 얼굴을 나의 눈에 새기겠습니다.
님의 얼굴은 나를 울리기에는 너무도 야속한 듯하지마는
님을 사랑하기 위하여는 나의 마음을 즐거웁게 할 수가 없습
니다.
만일 그 어여쁜 얼굴이 영원히 나의 눈을 떠난다면 그때의
슬픔은 우는 것보다도 아프겠습니다.

최초의 님

맨 첨에 만난 님과 님은 누구이며 어느 때인가요.
맨 첨에 이별한 님과 님은 누구이며 어느 때인가요.
맨 첨에 만난 님과 님이 맨 첨으로 이별하였습니까, 다른 님과 님이 맨 첨으로 이별하였습니까.

나는 맨 첨에 만난 님과 님이 맨 첨으로 이별한 줄로 압니다.
만나고 이별이 없는 것은 님이 아니라 나입니다.
이별하고 만나지 않는 것은 님이 아니라 길 가는 사람입니다.
우리들은 님에 대하여 만날 때에 이별을 염려하고 이별할 때에 만남을 기약합니다.
그것은 맨 첨에 만난 님과 님이 다시 이별한 유전성의 흔적입니다.

그러므로 만나지 않는 것도 님이 아니요 이별이 없는 것도 님이 아닙니다.
님은 만날 때에 웃음을 주고 떠날 때에 눈물을 줍니다.
만날 때의 웃음보다 떠날 때의 눈물이 좋고 떠날 때의 눈물보다 다시 만나는 웃음이 좋습니다.
아아 님이여, 우리의 다시 만나는 웃음은 어느 때에 있습니까.

두견새

두견새는 실컷 운다.
울다가 못다 울면
피를 흘려 운다.

이별한 한이야 너뿐이랴마는
울래야 울지도 못하는 나는
두견새 못 된 한을 또다시 어찌하리.

야속한 두견새는
돌아갈 곳도 없는 나를 보고도
'불여귀 불여귀(不如歸 不如歸)'

나의 꿈

당신이 맑은 새벽에 나무 그늘 사이에서 산보할 때에 나의 꿈은 작은 별이 되어서 당신의 머리 위에 지키고 있겠습니다.

당신의 여름날에 더위를 못 이기어 낮잠을 자거든 나의 꿈은 맑은 바람이 되어서 당신의 주위에 떠돌겠습니다.

당신의 고요한 가을밤에 그윽히 앉아서 글을 볼 때에 나의 꿈은 귀뚜라미가 되어서 책상 밑에서 '귀똘귀똘' 울겠습니다.

우는 때

꽃 핀 아침, 달 밝은 저녁, 비 오는 밤, 그때가 가장 님 그
리운 때라고 남들은 말합니다.
나도 같은 고요한 때로는 그때에 많이 울었습니다.

그러나 나는 여러 사람이 모여서 말하고 노는 때에 더 울
게 됩니다.
님 있는 여러 사람들은 나를 위로하여 좋은 말을 합니다마
는 나는 그들의 위로하는 말을 조소로 듣습니다.
그때에는 울음을 삼켜서 눈물을 속으로 창자를 향하여 흘
립니다.

타고르의 시(GARDENISTO)를 읽고

벗이여, 나의 벗이여, 애인의 무덤 위의 피어 있는 꽃처럼 나를 울리는 벗이여.

작은 새의 자취도 없는 사막의 밤에 문득 만난 님처럼 나를 기쁘게 하는 벗이여.

그대는 옛 무덤을 깨치고 하늘까지 사무치는 백골의 향기입니다.

그대는 화환을 만들려고 떨어진 꽃을 줍다가 다른 가지에 걸려서 주운 꽃을 헤치고 부르는 절망인 희망의 노래입니다.

벗이여, 깨어진 사랑에 우는 벗이여.

눈물이 능히 떨어진 꽃을 옛 가지에 도로 피게 할 수는 없습니다.

눈물을 떨어진 꽃에 뿌리지 말고 꽃나무 밑의 티끌에 뿌리셔요.

벗이여, 나의 벗이여.

죽음의 향기가 아무리 좋다 하여도 백골의 입술에 입맞출 수는 없습니다.

그의 무덤을 황금의 노래로 그물치지 마셔요. 무덤 위에 피 묻은 깃대를 세우셔요.

그러나 죽은 대지가 시인의 노래를 거쳐서 움직이는 것을 봄바람은 말합니다.

벗이여, 부끄럽습니다. 나는 그대의 노래를 들을 때에 어떻게 부끄럽고 떨리는지 모르겠습니다.
그것은 내가 나의 님을 떠나서 홀로 그 노래를 듣는 까닭입니다.

수(繡)의 비밀

나는 당신의 옷을 다시 지어 놓았습니다.
심의도 짓고 도포도 짓고, 자리옷도 지었습니다.
짓지 아니한 것은 작은 주머니에 수놓는 것뿐입니다.

그 주머니는 나의 손때가 많이 묻었습니다.
짓다가 놓아두고 짓다가 놓아두고 한 까닭입니다.
다른 사람들은 나의 바느질 솜씨가 없는 줄로 알지마는 그
러한 비밀은 나밖에는 아는 사람이 없습니다.
나의 마음이 아프고 쓰린 때에 주머니에 수를 놓으려면 나
의 마음은 수놓는 금실을 따라서 바늘구멍으로 들어가고 주
머니 속에서 맑은 노래가 나와서 나의 마음이 됩니다.
그러고 아직 이 세상에는 그 주머니에 넣을 만한 무슨 보
물이 없습니다.
이 작은 주머니는 짓기 싫어서 짓지 못하는 것이 아니라
짓고 싶어서 다 짓지 않는 것입니다.

사랑의 불

산천초목에 붙는 불은 수인씨(燧人氏)가 내셨습니다.
청춘의 음악에 무도하는 나의 가슴을 태우는 불은 가는 님
이 내셨습니다.

촉석루를 안고 돌며 푸른 물결의 그윽한 품에 논개의 청춘
을 잠재우는 남강의 흐르는 물아.
모란봉의 키쓰를 받고 계월향(桂月香)의 무정을 저주하면
서 능라도를 감돌아 흐르는 실연자인 대동강아.
그대들의 권위로도 애태우는 불은 끄지 못할 줄을 번연히
알지마는 입버릇으로 불러보았다.
만일 그대네가 쓰리고 아픈 슬픔으로 졸이다가 폭발되는
가슴 가운데의 불을 끌 수가 있다면 그대들이 님 그리운 사
람을 위하여 노래를 부를 때에 이따금 이따금 목이 메어 소
리를 이루지 못함은 무슨 까닭인가.
남들이 볼 수 없는 그대네의 가슴속에도 애태우는 불꽃 거
꾸로 타들어가는 것을 나는 본다.

오오, 님의 정열의 눈물과 나의 감격의 눈물이 마주 다시
합류가 되는 때에 그 눈물의 첫방울로 나의 가슴의 불을 끄
고 그 다음 방울을 그대네의 가슴에 뿌려 주리라.

'사랑'을 사랑하여요

당신의 얼굴은 봄 하늘의 고요한 별이어요.

그러나 찢어진 구름 사이로 돋아오는 반달 같은 얼굴이 없는 것이 아닙니다.

만일 어여쁜 얼굴만을 사랑한다면 왜 나의 베갯모에 달을 수놓지 않고 별을 수놓아요.

당신의 마음은 티없는 숫옥(玉)이어요. 그러나 곱기도 밝기도 굳기도 보석 같은 마음이 없는 것이 아닙니다.

만일 아름다운 마음만을 사랑한다면 왜 나의 반지를 보석으로 아니하고 옥으로 만들어요.

당신의 시(詩)는 봄비에 새로 눈트는 금결 같은 버들이어요.

그러나 기름 같은 바다에 피어오르는 백합꽃 같은 시가 없는 것이 아닙니다.

만일 좋은 문장만을 사랑한다면 왜 내가 꽃을 노래하지 않고 버들을 찬미하여요.

온 세상 사람이 나를 사랑하지 아니할 때에 당신만이 나를 사랑하였습니다.

나는 당신의 '사랑'을 사랑하여요.

버리지 아니하면

나는 잠자리에 누워서 자다가 깨고 깨다가 잘 때에 외로운 등잔불은 각근(恪勤)한 파수꾼처럼 온밤을 지킵니다.
당신이 나를 버리지 아니하면 나는 일생의 등잔불이 되어서 당신의 백년을 지키겠습니다.

나는 책상 앞에 앉아서 여러 가지 글을 볼 때에 내가 요구만 하면 글은 좋은 이야기도 하고 맑은 노래도 부르고 엄숙한 교훈도 줍니다.
당신이 나를 버리지 아니하면 나는 복종의 백과전서가 되어서 당신의 요구를 순응하겠습니다.

나는 거울을 대하여 당신의 키쓰를 기다리는 입술을 볼 때에 속임 없는 거울은 내가 웃으면 거울도 웃고 내가 찡그리면 거울도 찡그립니다.
당신이 나를 버리지 아니하면 나는 마음의 거울이 되어서 속임 없이 당신의 고락을 같이하겠습니다.

당신 가신 때

　당신이 가실 때에 나는 다른 시골에 병들어 누워서 이별의 키쓰도 못하였습니다.
　그때는 가을 바람이 첨으로 나서 단풍이 한 가지에 두서너 잎이 붉었습니다.

　나는 영원히 시간에서 당신 가신 때를 끊어내겠습니다. 그러면 시간은 두 도막이 납니다.
　시간의 한끝은 당신이 가지고 한끝은 내가 가졌다가 당신의 손과 나의 손과 마주잡을 때에 가만히 이어 놓겠습니다.

　그러면 붓대를 잡고 남의 불행한 일만을 쓰려고 기다리는 사람들도 당신의 가신 때는 쓰지 못할 것입니다.
　나는 영원의 시간에서 당신 가신 때를 끊어내겠습니다.

요술

가을 홍수가 작은 시내의 쌓인 낙엽을 휩쓸어가듯이 당신은 나의 환락의 마음을 빼앗아 갔습니다. 나에게 남은 마음은 고통뿐입니다.

그러나 나는 당신을 원망할 수는 없습니다. 당신이 가기 전에 나의 고통의 마음을 빼앗아 간 까닭입니다.

만일 당신이 환락의 마음과 고통의 마음을 동시에 빼앗아 간다 하면 나에게는 아무 마음도 없겠습니다.

나는 하늘의 별이 되어서 구름의 면사(面紗)로 낯을 가리고 숨어 있겠습니다.

나는 바다의 진주가 되었다가 당신의 구두에 단추가 되겠습니다.

당신이 만일 별과 진주를 따서 게다가 마음을 넣어 다시 당신의 님을 만든다면 그때에는 환락의 마음을 넣어 주셔요.

부득이 고통의 마음도 넣어야 하겠거든 당신의 고통을 빼어다가 넣어 주셔요.

그리고 마음을 빼앗아 가는 요술은 나에게는 가르쳐 주지 마셔요.

그러면 지금의 이별이 사랑의 최후는 아닙니다.

당신의 마음

나는 당신의 눈썹이 검고 귀가 갸름한 것도 보았습니다.

그러나 당신의 마음을 보지 못하였습니다.

당신이 사과를 따서 나를 주려고 크고 붉은 사과를 따로 쌀 때에 당신의 마음이 그 사과 속으로 들어가는 것을 분명히 보았습니다.

나는 당신의 둥근 배와 잔나비 같은 허리를 보았습니다.

그러나 당신의 마음을 보지 못하였습니다.

당신이 나의 사진과 어떤 여자의 사진을 같이 들고 볼 때에 당신의 마음이 두 사진의 사이에서 초록빛이 되는 것을 분명히 보았습니다.

나는 당신의 발톱이 희고 발꿈치가 둥근 것도 보았습니다.

그러나 당신의 마음을 보지 못하였습니다.

당신이 떠나시려고 나의 큰 보석반지를 주머니에 넣으실 때에 당신의 마음이 보석반지 너머로 얼굴을 가리고 숨는 것을 분명히 보았습니다.

여름 밤이 길어요

당신이 계실 때에는 겨울 밤이 짧더니 당신이 가신 뒤에는 여름 밤이 길어요.

책력의 내용이 그릇되었나 하였더니 개똥불이 흐르고 벌레가 웁니다.

긴 밤은 어데서 오고 어데로 가는 줄을 분명히 알았습니다.

긴 밤은 근심 바다의 첫 물결에서 나와서 슬픈 음악이 되고 아득한 사막이 되더니 필경 절망의 성(城) 너머로 가서 악마의 웃음 속으로 들어갑니다.

그러나 당신이 오시면 나는 사랑의 칼을 가지고 긴 밤을 베어서 일천 도막을 내겠습니다.

당신이 계실 때는 겨울 밤이 짧더니 당신이 가신 뒤는 여름 밤이 길어요.

명상

아득한 명상의 작은 배는 가이없이 출렁거리는 달빛의 물결에 표류되어 멀고 먼 별나라를 넘고 또 넘어서 이름도 모르는 나라에 이르렀습니다.

이 나라에는 어린아기의 미소와 봄 아침과 바다 소리가 합하여 사람이 되었습니다.

이 나라 사람은 옥새(玉璽)의 귀한 줄도 모르고 황금을 밟고 다니고 미인의 청춘을 사랑할 줄도 모릅니다.

이 나라 사람은 웃음을 좋아하고 푸른 하늘을 좋아합니다.

명상의 배를 이 나라의 궁전에 매었더니 이 나라 사람들은 나의 손을 잡고 같이 살자고 합니다.

그러나 나는 님이 오시면 그의 가슴에 천국을 꾸미려고 돌아왔습니다.

달빛의 물결은 흰 구슬을 머리에 이고 춤추는 어린 풀의 장난을 맞추어 우쭐거립니다.

칠석

'차라리 님이 없이 스스로 님이 되고 살지언정 하늘 위의 직녀성이 되지 않겠어요, 네 네.' 나는 언제인지 님의 눈을 쳐다보며 조금 아양스런 소리로 이렇게 말하였습니다.

이 말은 견우의 님을 그리우는 직녀가 일 년에 한 번씩 만나는 칠석(七夕)을 어찌 기다리나 하는 동정의 저주였습니다.

이 말에는 나는 모란꽃에 취한 나비처럼 일생을 님의 키쓰에 바쁘게 지나겠다는 교만한 맹서가 숨어 있습니다.

아아, 알 수 없는 것은 운명이요 지키기 어려운 것은 맹서입니다.

나의 머리가 당신의 팔 위에 도리질을 한 지가 칠석을 열 번이나 지나고 또 몇 번을 지내었습니다.

그러나 그들은 나를 용서하고 불쌍히 여길 뿐이요 무슨 복수적 저주를 아니하였습니다.

그들은 밤마다 밤마다 은하수를 사이에 두고 마주 건너다 보며 이야기하고 놉니다.

그들은 해쭉해쭉 웃는 은하수의 강안(江岸)에서 물을 한 줌씩 쥐어서 서로 던지고 다시 뉘우쳐 합니다.

그들은 물에다 발을 잠그고 반 비슥이 누워서 서로 안 보는 체하고 무슨 노래를 부릅니다.

그들은 갈잎으로 배를 만들고 그 배에다 무슨 글을 써서 물에 띄우고 입김으로 불어서 서로 보냅니다. 그러고 서로 글을 보고 이해하지 못하는 것처럼 잠자코 있습니다.

그들은 돌아갈 때에는 서로 보고 웃기만 하고 아무 말도 아니합니다.

지금은 칠월 칠석날 밤입니다.

그들은 난초 실로 주름을 접은 연꽃의 윗옷을 입었습니다.

그들은 한 구슬에 일곱 빛 나는 계수나무 열매의 노리개를 찼습니다.

키쓰의 술에 취할 것을 상상하는 그들의 뺨은 먼저 기쁨을 못 이기는 자기의 열정에 취하여 반이나 붉었습니다.

그들은 오작교를 건너갈 때에 걸음을 멈추고 윗옷의 뒷자락을 검사합니다.

그들은 오작교를 건너서 서로 포옹하는 동안에 눈물과 웃음이 순서를 잃더니 다시금 공경하는 얼굴을 보입니다.

아아, 알 수 없는 것은 운명이요 지키기 어려운 것은 맹서입니다.

나는 그들의 사랑이 표현인 것을 보았습니다.

　진정한 사랑은 표현할 수가 없습니다.

　그들은 나의 사랑을 볼 수는 없습니다.

　사랑의 신성(神聖)은 표현에 있지 않고 비밀에 있습니다.

　그들이 나를 하늘로 오라고 손짓을 한대도 나는 가지 않겠습니다.

　지금은 칠월 칠석날 밤입니다.

생의 예술

모르는 결에 쉬어지는 한숨은 봄바람이 되어서 야윈 얼굴을 비치는 거울에 이슬꽃을 핍니다.

나의 주위에는 화기(和氣)라고는 한숨의 봄바람밖에는 아무것도 없습니다.

하염없이 흐르는 눈물은 수정이 되어서 깨끗한 슬픔의 성경(聖境)을 비춥니다.

나는 눈물의 수정이 아니면 이 세상이 보물이라고는 하나도 없습니다.

한숨의 봄바람과 눈물의 수정은 떠난 님을 그리워하는 정의 추수입니다.

저리고 쓰린 슬픔은 힘이 되고 열이 되어서 어린 양과 같은 작은 목숨을 살아 움직이게 합니다.

님이 주시는 한숨과 눈물은 아름다운 생의 예술입니다.

꽃싸움

　당신은 두견화를 심으실 때에 '꽃이 피거든 꽃싸움하자'고
나에게 말하였습니다.
　꽃은 피어서 시들어 가는데 당신은 옛 맹서를 잊으시고 아
니 오십니까.

　나는 한 손에 붉은 꽃수염을 가지고 한 손에 흰 꽃수염을
가지고 꽃싸움을 하여서 이기는 것은 당신이라 하고 지는 것
은 내가 됩니다.
　그러나 정말로 당신을 만나서 꽃싸움을 하게 되면 나는 붉
은 꽃수염을 가지고 당신은 흰 꽃수염을 가지게 합니다.
　그러면 당신은 나에게 번번이 지십니다.
　그것은 내가 이기기를 좋아하는 것이 아니라 당신이 나에
게 지기를 기뻐하는 까닭입니다.
　번번이 이긴 나는 당신에게 우승의 상을 달라고 조르겠습
니다.
　그러면 당신은 빙긋이 웃으며 나의 뺨에 입맞추겠습니다.
　꽃은 피어서 시들어 가는데 당신은 옛 맹서를 잊으시고 아
니 오십니까.

거문고 탈 때

달 아래에서 거문고를 타기는 근심을 잊을까 함이러니, 춤 곡조가 끝나기 전에 눈물이 앞을 가려서 밤은 바다가 되고 거문고 줄은 무지개가 됩니다.

거문고 소리가 높았다가 가늘고 가늘다가 높을 때에 당신은 거문고 줄에서 그네를 뜁니다.

마지막 소리가 바람을 따라서 느티나무 그늘로 사라질 때에 당신은 나를 힘없이 보면서 아득한 눈을 감습니다.

아아, 당신은 사라지는 거문고 소리를 따라서 아득한 눈을 감습니다.

오셔요

오셔요, 당신은 오실 때가 되었어요, 어서 오셔요.
당신은 당신의 오실 때가 언제인지 아십니까, 당신의 오실
때는 나의 기다리는 때입니다.

당신은 나의 꽃밭으로 오셔요, 나의 꽃밭에는 꽃들이 피어
있습니다.
만일 당신을 쫓아오는 사람이 있으면 당신은 꽃 속으로 들
어가서 숨으십시오.
나는 나비가 되어서 당신 숨은 꽃 위에 가서 앉겠습니다.
그러면 쫓아오는 사람이 당신을 찾을 수는 없습니다.
오셔요, 당신은 오실 때가 되었습니다. 어서 오셔요.

당신은 나의 품으로 오셔요, 나의 품에는 보드러운 가슴이
있습니다.
만일 당신을 쫓아오는 사람이 있으면 당신은 머리를 숙여
서 나의 가슴에 대십시오.
나의 가슴은 당신이 만질 때에는 물같이 보드러웁지마는
당신의 위험을 위하여는 황금의 칼도 되고 강철의 방패도 됩
니다.
나의 가슴은 말굽에 밟힌 낙화(落花)가 될지언정 당신의

머리가 나의 가슴에서 떨어질 수는 없습니다.

그러면 쫓아오는 사람이 당신에게 손을 대일 수는 없습니다.

오셔요, 당신은 오실 때가 되었습니다. 어서 오셔요.

당신은 나의 죽음 속으로 오셔요, 죽음은 당신을 위하여의 준비가 언제든지 되어 있습니다.

만일 당신을 쫓아오는 사람이 있으면 당신은 나의 죽음의 뒤에 서십시오.

죽음은 허무와 만능이 하나입니다.

죽음의 사랑은 무한인 동시에 무궁입니다.

죽음의 앞에는 군함과 포대가 티끌이 됩니다.

죽음의 앞에는 강자와 약자가 벗이 됩니다.

그러면 쫓아오는 사람이 당신을 잡을 수는 없습니다.

오셔요, 당신은 오실 때가 되었습니다. 어서 오셔요.

쾌락

님이여, 당신은 나를 당신 계신 때처럼 잘 있는 줄로 아십니까.

그러면 당신은 나를 아신다고 할 수가 없습니다.

당신이 나를 두고 멀리 가신 뒤로는 나는 기쁨이라고는 달도 없는 가을 하늘에 외기러기의 발자취만치도 없습니다.

거울을 볼 때에 절로 오던 웃음도 오지 않습니다.

꽃나무를 심고 물 주고 북돋우던 일도 아니합니다.

고요한 달 그림자가 소리없이 걸어와서 엷은 창에 소근거리는 소리도 듣기 싫습니다.

가물고 더운 여름 하늘에 소낙비가 지나간 뒤에 산모롱이의 작은 숲에서 나는 서늘한 맛도 달지 않습니다.

동무도 없고 노리개도 없습니다.

나는 당신 가신 뒤에 이 세상에서 얻기 어려운 쾌락이 있습니다.

그것은 다른 것이 아니라 이따금 실컷 우는 것입니다.

고대(苦待)

당신은 나로 하여금 날마다 날마다 당신을 기다리게 합니다.

해가 저물어 산 그림자가 촌 집을 덮을 때에 나는 기약 없는 기대를 가지고 마을 숲 밖에 가서 기다리고 있습니다.

소를 몰고 오는 아이들의 풀잎피리는 제 소리에 목마칩니다.

먼 나무로 돌아가는 새들은 저녁 연기에 헤엄칩니다.

숲들은 바람과의 유희를 그치고 잠잠히 섰습니다. 그것은 나에게 동정하는 표상입니다.

시내를 따라 굽이친 모랫길이 어둠의 품에 안겨서 잠들 때에 나는 고요하고 아득한 하늘에 긴 한숨의 사라진 자취를 남기고 게으른 걸음으로 돌아옵니다.

당신은 나로 하여금 날마다 날마다 당신을 기다리게 합니다.

어둠의 입이 황혼의 엷은 빛을 삼킬 때에 나는 시름없이 문밖에 서서 당신을 기다립니다.

다시 오는 별들은 고운 눈으로 반가운 표정을 빛내면서 머리를 조아 다투어 인사합니다.

풀 사이의 벌레들은 이상한 노래로 백주(白晝)의 모든 생명의 전쟁을 쉬게 하는 평화의 밤을 공양합니다.

네모진 작은 못의 연잎 위에 발자취 소리를 내는 실없는 바람이 나를 조롱할 때에 나는 아득한 생각이 날카로운 원망으로 화합니다.

　당신은 나로 하여금 날마다 날마다 당신을 기다리게 합니다.
　일정한 보조로 걸어가는 사정(私情) 없는 시간이 모든 희
망을 채찍질하여 밤과 함께 몰아갈 때에 나는 쓸쓸한 잠자리
에 누워서 당신을 기다립니다.
　가슴 가운데의 저기압은 인생의 해안에 폭풍우를 지어서,
삼천세계(三千世界)는 유실되었습니다.
　벗을 잃고 견디지 못하는 가엾은 잔나비는 정(情)의 삼림
에서 저의 숨에 질식되었습니다.
　우주와 인생의 근본문제를 해결하는 대철학(大哲學)은 눈
물의 삼매에 입정(入定)되었습니다.
　나의 '기다림'은 나를 찾다가 못 찾고 저의 자신까지 잃어
버렸습니다.

사랑의 끝판

네 네 가요, 지금 곧 가요.

에그 등불을 켜려다가 초를 거꾸로 꽂았습니다그려. 저를 어쩌나 저 사람들이 흉보겠네.

님이여, 나는 이렇게 바쁩니다. 님은 나를 게으르다고 꾸짖습니다. 에그 저것 좀 보아, '바쁜 것이 게으른 것이다' 하시네.

내가 님의 꾸지람을 듣기로 무엇이 싫겠습니까. 다만 님의 거문고 줄이 완급을 잃을까 저어합니다.

님이여, 하늘도 없는 바다를 거쳐서 느릅나무 그늘을 지어버리는 것은 달빛이 아니라 새는 빛입니다.

홰를 탄 닭은 날개를 움직입니다.

마구에 매인 말은 굽을 칩니다.

네 네 가요, 이제 곧 가요.

독자에게

독자여, 나는 시인으로 여러분의 앞에 보이는 것을 부끄러합니다.

여러분이 나의 시를 읽을 때에 나를 슬퍼하고 스스로 슬퍼할 줄을 압니다.

나는 나의 시를 독자의 자손에게까지 읽히고 싶은 마음은 없습니다.

그때에는 나의 시를 읽는 것이 늦은 봄의 꽃수풀에 앉아서 마른 국화를 비벼서 코에 대이는 것과 같을는지 모르겠습니다.

밤은 얼마나 되었는지 모르겠습니다.

설악산의 무거운 그림자는 엷어갑니다.

새벽종을 기다리면서 붓을 던집니다.

(을축 8월 29일 밤 끝)

제 2 부

尋牛莊散詩

산거(山居)

티끌 세상을 떠나면
모든 것을 잊는다 하기에
산을 깎아 집을 짓고
돌을 뚫어 새암을 팠다.
구름은 손인 양하여
스스로 왔다 스스로 가고
달은 파수꾼도 아니건만
밤을 새워 문을 지킨다.
새소리를 노래라 하고
솔바람을 거문고라 하는 것은
옛사람의 두고 쓰는 말이다.

님 그리워 잠 못 이루는
오고 가지 않는 근심은
오직 작은 베개가 알 뿐이다.

공산(空山)의 적막(寂寞)이여
어디서 한가한 근심을 가져오는가.
차라리 두견성(杜鵑聲)도 없이
고요히 근심을 가져오는
오오 공산의 적막이여.

산골 물

산골 물아
어디서 나서 어디로 가는가.
무슨 일로 그리 쉬지 않고 가는가.
가면 다시 오려는가 아니 오려는가.

물은 아무 말이 없이
수없이 얼크러진 등·댕댕이·칡덩굴 속으로
작은 닭은 넘어가고
큰 닭은 돌아가면서
쫄쫄 꼴꼴 쏴 소리가
양안 청산(兩岸靑山)에 반향(反響)한다.

그러면
산에서 나서 바다에 이르는 성공(成功)의 비결(秘訣)이
이렇다는 말인가.
물이야 무슨 마음이 있으랴마는
세간(世間)의 열패자(劣敗者)인 나는
이렇게 설법(說法)을 듣노라.

비바람

밤에 온 비바람은
구슬 같은 꽃수술을
가엾이도 지쳐 놓았다.

꽃이 피는 대로 핀들
봄이 몇 날이나 되랴마는
비바람은 무슨 마음이냐
아름다운 꽃밭이 아니면
바람 불고 비 올 때가 없더냐.

강 배

저녁 볕을 배불리 받고
거슬러 오는 작은 배는
온 강의 맑은 바람을
한 돛에 가득히 실었다.
구슬픈 노 젓는 소리는
봄 하늘에 사라지는데
강가의 술집에서
어떤 사람이 손짓을 한다.

산촌의 여름 저녁

산 그림자는 집과 집을 덮고
풀밭에는 이슬 기운이 난다.

질동이를 이고 물긷는 처녀는
걸음걸음 넘치는 물에 귀밑을 적신다.

올감자를 캐어 지고 오는 사람은
서쪽 하늘을 자주 보면서 바쁜 걸음을 친다.
살찐 풀에 배부른 송아지는
게을리 누워서 일어나지 않는다.

등거리만 입은 아이들은
서로 다투어 나무를 안아들인다.

하나씩 둘씩 들어가는 까마귀는
어디로 가는지 알 수가 없다.

해촌(海村)의 석양

석양(夕陽)은 갈대 지붕을 비춰서
작은 언덕 잔디밭에 반사되었다.
산기슭 길로 물 길러 가는 처녀는
한손으로 부신 눈을 가리고 동동걸음을 친다.
반쯤 찡그린 그의 이마엔 저녁 늦은 근심이 가늘게 눈썹을
눌렀다.

낚싯대를 메고 돌아오는 어부는
갯가에 선 노파를 만나서
멀리 오는 돛대를 가리키면서
무슨 말인지 그칠 줄을 모른다.

서천(西天)에 지는 해는
바다의 고별 음악(告別音樂)을 들으면서
짐짓 머뭇머뭇한다.

반월(半月)과 소녀

산 너머로 돌아오는 반달이
옛 버들의 새 가지에
옥으로 만든
빗(梳)인 줄 아는 어여쁜 소녀
발꿈치를 제켜 디디고
고사리 같은 손을 힘있게 들어서
반달을 따려고 강장강장 뛰다가
눈을 핼끗하고 손을 돌리어
무릇각시의 머리를 쓰다듬으며
'자장자장' 하더라.

모순

좋은 달은 이울기 쉽고
아름다운 꽃엔 풍우(風雨)가 많다.
그것을 모순이라 하는가.

어진 이는 만월(滿月)을 경계하고
시인은 낙화(落花)를 찬미하느니
그것은 모순의 모순이다.

모순이 모순이라면
모순의 모순은 비모순(非矛盾)이다.
모순이냐 비모순이냐
모순은 존재가 아니고 주관적이다.

모순의 속에서 비모순을 찾는 가련한 인생
모순은 사람을 모순이라 하느니 아는가.

천일(淺日)

지는 해는
성공한 영웅의 말로(末路)같이
아름답기도 하고 슬프기도 하다.

창창(蒼蒼)한 남은 빛이
높은 산과 먼 물을 비추어서
현란한 최후를 장엄하더니

홀연히 엷은 구름의 붉은 소매로
뚜렷한 얼굴을 슬쩍 가리며
결별(訣別)의 미소를 띠운다.

큰 강의 급한 물결은 만가(輓歌)를 부르고
뭇산의 끼친 그림자는 임종(臨終)의 역사를 쓴다.

일출(日出)

어머니의 품과 같이
대지를 덮어서 단잠 재우던 어둠의 장막이
동으로부터 서로
서로부터 다시 알지 못하는 곳으로
점점 자취를 감춘다.

하늘에 비낀 연분홍의 구름은
그를 환영하는 선녀의 치마는 아니다.
가늘게 춤추는 바닷물결은
고요한 가운데 음악을 조절하면서
붉은 구름에 반영(反映)되었다.

물인지 하늘인지
자연의 예술인지 인생의 꿈인지
도무지 알 수 없는 그 가운데로
솟아오르는 해님의 얼굴은
거룩도 하고 감사도 하다.
그는 숭엄·신비·자애의 화현(化現)이다.

눈도 깜짝이지 않고 바라보는 나는

어느 찰나에 해님의 품으로 들어가 버렸다.
어디서인지 우는 꾸궁이 소리가
건너 산에 반향(反響)된다.

낙화

떨어진 꽃이 힘없이 대지의 품에 안길 때
애처로운 남은 향기가 어디로 가는 줄을 나는 안다.
가는 바람이 작은 풀과 속삭이는 곳으로 가는 줄을 안다.
떨어진 꽃이 굴러서 알지도 못하는 집의 울타리 사이로 들어갈 때에
쇠잔한 붉은 빛이 어디로 가는 줄을 나는 안다.
부끄러움 많고 새암 많고 미소 많은 처녀의 입술로 들어가는 것을 안다.
떨어진 꽃이 날려서 작은 언덕을 넘어갈 때에
가엾은 그림자가 어디로 가는 줄을 나는 안다.
봄을 빼앗아가는 악마의 발 밑으로 사라지는 줄을 안다.

일경초(一莖草)

나는 소나무 아래서 놀다가
지팡이로 한 줄기 풀을 부질렀다.
풀은 아무 반항도 원망도 없다.
나는 부러진 풀을 슬퍼한다.
부러진 풀은 영원히 이어지지 못한다.

내가 지팡이로 부질르지 아니하였으면
풀은 맑은 바람에 춤도 추고 노래도 하며
은(銀) 같은 이슬에 잠자고 키스도 하리라.

모진 바람과 찬서리에 꺾이는 것이야 어찌하랴마는
나로 말미암아 꺾어진 풀을 슬퍼한다.

사람은 사람의 죽음을 슬퍼한다.
인인지사(仁人志士) 영웅호걸의 죽음을 더욱 슬퍼한다.
나는 죽으면서도 아무 반항도 원망도 없는 한 줄기 풀을
슬퍼한다.

심(心)

심(心)은 심(心)이니라.

심만 심이 아니라 비심(非心)도 심이니, 심외(心外)에는 하물(何物)도 무(無)하니라.

생(生)도 심이요, 사(死)도 심이니라.

무궁화도 심이요, 장미화도 심이니라.

호한(好漢)도 심이요, 천장부(賤丈夫)도 심이니라.

신루(蜃樓)도 심이요, 공화(空華)도 심이니라.

물질계(物質界)도 심이요, 무형계(無形界)도 심이니라.

공간도 심이요, 시간도 심이니라.

심이 생(生)하면 만유(萬有)가 기(起)하고, 심이 식(息)하면 일공(一空)도 무하니라.

심은 무의 실재(實在)요, 유의 진공(眞空)이니라.

심은 인(人)에게 누(淚)도 여(與)하고 소(笑)도 여하느니라.

심의 허(墟)에는 천당의 동량(棟樑)도 유(有)하고, 지옥의 기초도 유하니라.

심의 야(野)에는 성공의 송덕비(頌德碑)도 입(立)하고, 퇴패(退敗)의 기념품도 진열하느니라.

심은 자연 전쟁(自然戰爭)의 총사령관이며 강화사(講和使)니라.

금강산의 산봉(山峰)에는 어하(魚鰕)의 화석(化石)이 유(有)

하고, 대서양의 해저에는 분화구가 유하니라.

심은 하시(何時)라도 하사 하물(何事何物)에라도 심 자체뿐이니라.

심은 절대적 자유며 만능이니라.

성탄

부처님의 나심은
온 누리의 빛이요
뭇 삶의 목숨이라.

빛에 있어서 밖이 없고
목숨은 때를 넘느니.

이곳과 저 땅에
밝고 어둠이 없고
너와 나에
살고 죽음이 없어라.

거룩한 부처님
나신 날이 왔도다.
향을 태워 받들고
기(旗)를 들어 외치세.

꽃머리와 풀 위에
부처님 계셔라.
공경하여 공양하니
산 높고 물 푸르더라.

세모(歲暮)

산 밑 작은 집에
두어 나무의 매화가 있고
주인은 참선하는 중이다.

그들을 둘러싼 첫 겹은
흰 눈, 찬 바람 혹은 따스한 빛이다.

그 다음의 겹과 겹은
생활 · 전쟁 · 주의(主義) · 혁명 등
가장 힘있게 진전되는 것은
강자와 채권자의 권리 행사다.

해는 저물었다.
모든 것을 자취로 남겨 두고
올해는 저물었다.

쥐(鼠)

나는 아무리 좋은 뜻으로 너를 말하여도
너는 작고 방정맞고 얄미운 쥐라고밖에 할 수가 없다.
너는 사람의 결혼 의상(結婚衣裳)과 연회복(宴會服)을 낱낱
이 쪼아 놓았다.
너는 쌀궤와 팥멱서리를 다 쪼고 물어내었다.
그 외에 모든 기구를 다 쪼아 놓았다.
나는 쥐덫을 만들고 고양이를 길러서 너를 잡겠다.
이 작고 방정맞고 얄미운 쥐야.

그렇다, 나는 작고 방정맞고 얄미운 쥐다.
나는 너희가 만든 쥐덫과 너희가 기른 고양이에게 잡힐 줄
을 안다.
만일 내가 너희 의장(衣欌)과 창고(倉庫)를 통거리째 빼앗고
또 너희 집과 너희 나라를 빼앗으면
너희는 허리를 굽혀서 설하고 나의 공덕(功德)을 찬미할
것이다.
그리고 너희들의 역사에 나의 이 뜻을 크게 쓸 것이다.
그러나 나는 그러한 큰 죄를 지을 만한 힘이 없다.
다만 너희들이 먹고 입고 쓰고 남는 것을 조금씩 얻어먹는다.
그래서 너희는 나를 작고 방정맞고 얄미운 쥐라고 하며

쥐덫을 만들고 고양이를 길러서 나를 잡으려 한다.

나는 그것이 너희들의 철학이요 도덕인 줄을 안다.
그러나 쥐덫이 나의 덜미에 벼락을 치고 고양이의 발톱이
나의 옆구리에 새암을 팔 때까지
나는 먹고 마시고 뛰고 놀겠다.
이 크고 점잖고 귀염성 있는 사람들아.

파리

이 작고 더럽고 밉살스런 파리야
너는 썩은 쥐인지 만두(饅頭)인지 분간을 못하는 더러운
파리다.
너는 흰 옷에는 검은 똥칠을 하고
검은 옷에는 흰 똥칠을 한다.
너는 더위에 시달려서 자는 사람의 단꿈을 깨워 놓는다.
너는 이 세상에 없어도 조금도 불가(不可)할 것이 없다.
너는 한눈 깜짝일 새에 파리채에 피칠하는 작은 생명이다.

그렇다. 나는 작고 더럽고 밉살스런 파리요, 너는 고귀한
사람이다.
그러나 나는 어여쁜 여왕의 입술에 똥칠을 한다.
나는 황금을 짓밟고 탁주에 발을 씻는다.
세상에 보검(寶劍)이 산같이 있어도 나의 털끝도 건드리지
못한다.
나는 설렁탕 집으로 궁중 연회에까지 상빈(上賓)이 되어서
술도 먹고 노래도 부른다.
세상 사람은 나를 위하여 궁전도 짓고 음식도 만든다.
사람은 빈부 귀천을 물론하고 파리를 위하여 생긴 것이다.
너희는 나를 더럽다고 하지마는

너희들의 마음이야말로 나보다도 더욱 더러운 것이다.
그리하여 나는 마음이 없는 죽은 사람을 좋아한다.

모기

모기여, 그대는 범의 발톱이 없고 코끼리의 코가 없으나 날카로운 입이 있다.
그대는 다리도 길고 부리도 길고 날개도 짧지는 아니하다.
그대는 춤도 잘 추고 노래도 잘하고 피의 술도 잘 먹는다.

사람은 사람의 피를 서로서로 먹는데
그대는 동족의 피를 먹지 아니하고
사람의 피를 먹는다.

아아, 천하 만세를 위하여 바다같이 흘리는 인인지사(仁人志士)의 피도 그대에게 맡겼거든
하물며 구구한 소장부의 쓸데없는 피야 무엇을 아끼리요.

時調 32편

심우장(尋牛莊)

잃은 소 없건마는 찾을 손 우습도다.
만일 잃을시 분명하다면 찾은들 지닐소냐.
차라리 찾지 말면 또 잃지나 않으리라.

남아(男兒)

사나이 되었으니 무슨 일을 하여 볼까.
밭을 팔아 책을 살까 책을 덮고 칼을 갈까.
아마도 칼 차고 글 읽는 것이 대장부인가 하노라.

무궁화 심고자
(獄中詩)

달아 달아 밝은 달아 내 나라에 비춘 달아
쇠창을 넘어 와서 나의 마음 비춘 달아
계수(桂樹)나무 베어 내고 무궁화를 심고자.

달아 달아 밝은 달아 님의 거울 비춘 달아
쇠창을 넘어 와서 나의 품에 안긴 달아
이지러짐 있을 때에 사랑으로 도우고자.

달아 달아 밝은 달아 가이 없이 비친 달아
쇠창을 넘어 와서 나의 넋을 쏘는 달아
구름재(嶺)를 넘어 가서 너의 빛을 따르고자.

우리 님

대실로 비단 짜고 솔잎으로 바늘삼아
만고청청(萬古靑靑) 수를 놓아 옷을 지어 두었다가
어즈버 해가 차거든 우리 님께 드리리라.

사랑

봄 물보다 깊으니라 가을 산보다 높으니라.
달보다 빛나리라 돌보다 굳으리라.
사랑을 묻는 이 있거든 이대로만 말하리.

선경(禪境)

까마귀 검다 말고 해오라기 희다 말라.
검은들 모자라며 희다고 남을소냐.
일없는 사람들은 옳다 그르다 하더라.

선우(禪友)에게

천하의 선지식(善知識)아 너의 가풍(家風) 고준(高峻)한다.
바위 밑에 할일할(喝一喝)과 구름 새의 통봉(痛棒)이라.
묻노라, 고해 중생(苦海衆生) 누가 제공(濟空)하리요.

직업부인(職業婦人)

첫새벽 굽은 길을 곧게 가는 저 마누라.
공장(工場) 인심 어떻던고 후하던가 박하던가.
말없이 손만 젓고 더욱 빨리 가더라.

표아(漂娥)

맑은 물 흰 돌 위에 비단 빠는 저 아씨야
그대 치마 무명이요 그대 수건 삼베로다
묻노니 그 비단은 뉘를 위해 빠는가.

조춘(早春)

이른 봄 작은 언덕 쌓인 눈을 저어 마소.
제 아무리 차다기로 돋는 움을 어이하리.
봄옷을 새로 지어 가신 님께 보내고자.

새 봄이 오단 말가 매화야 물어 보자.
눈바람에 막힌 길을 제 어이 오단 말가.
매화는 말이 없고 봉오리만 맺더라.

봄 동산 눈이 녹아 꽃뿌리를 적시도다.
찬 바람에 못 견디던 어여쁜 꽃나무야.
간 겨울 내리던 눈이 봄의 사도(使徒)이니라.

춘조(春朝)

간밤 가는 비가 그다지도 무겁더냐.
빗방울에 눌린 채 눕고 못 이는 어린 풀아
아침볕 가벼운 키스 네 받을 줄 왜 모르느냐.

춘주(春晝)

따슨 빛 등에 지고 유마경(維摩經) 읽노라니
가볍게 나는 꽃이 글자를 가린다.
구태여 꽃 밑 글자를 읽어 무삼하리요.

봄날이 고요키로 향을 피고 앉았더니
삽살개 꿈을 꾸고 거미는 줄을 친다.
어디서 꾸꾸기 소리 산을 넘어 오더라.

추야몽(秋夜夢)

가을밤 빗소리에 놀라 깨니 꿈이로다.
오셨던 님 간 곳 없고 등잔불만 흐리구나.
그 꿈을 또 꾸라 한들 잠 못 이루어 하노라.

야속다 그 빗소리 공연히 꿈을 깨노.
님의 손길 어디 가고 이불귀만 잡았는가.
베개 위 눈물 흔적 씻어 무삼하리요.

꿈이거든 깨지 말자 백번이나 별렀건만.
꿈 깨자 님 보내니 허망할손 맹세로다.
이후는 꿈은 깰지라도 잡은 손은 안 노리라.

님의 발자취에 놀라 깨어 내다보니
달 그림자 기운 뜰에 오동잎이 떨어졌다.
바람아 어디 가 못 불어서 님 없는 집에 부느냐.

추야단(秋夜短)

가을밤 길다 하기에 잠긴 회포 풀자 했더니
첫굽이도 못 잦아서 새벽빛이 새로와라.
그럴 줄 알았더면 더 감지나 말 것을.

추화(秋花)

산(山)집의 일없는 사람 가을 꽃을 어여삐 여겨
지는 햇빛 받으려고 울타리를 잘랐더니
서풍(西風)이 넘어 와서 꽃가지를 꺾더라.

코스모스

가벼운 가을 바람에 나부끼는 코스모스
꽃잎이 날개냐 날개가 꽃잎이냐.
아마도 너의 혼(魂)은 호접(蝴蝶)인가 하노라.

한강에서

술 싣고 계집 싣고 돛 가득히 바람 싣고
물 거슬러 노질하여 가고 갈 줄 알았더니
산 돌고 물 굽은 곳에서 다시 돌아오더라.

계어(溪漁)

푸른 산 맑은 물에 고기 낚는 저 늙은이
갈삿갓 숙여 쓰고 무슨 꿈을 꾸었던가.
우습다 새소리에 놀라 낚싯대를 드는고녀.

세상일 잊은 양하고 낚시 드리운 저 어옹(漁翁)아.
그대에게도 무슨 근심 있어 턱을 괴고 한숨짓노.
창파(滄波)에 백발(白髮)이 비치기로 그를 슬퍼하노라.

성공(成功)

백리(百里)를 갈 양이면 구십리(九十里)가 반이라네.
시작(始作)이 반이라는 우리들은 그르도다.
뉘라서 열나흘 달을 온달이라 하던가.

무제(無題)

1

이순신(李舜臣) 사공삼고 을지문덕(乙支文德) 마부삼아
파사검(破邪劍) 높이 들고 남선 북마(南船北馬)하여 볼까.
아마도 님 찾는 길은 그뿐인가 하노라.

2

물이 깊다 해도 재면 밑이 있고
뫼가 높다 해도 헤아리면 위가 있다.
그보다 높고 깊은 것은 님뿐인가 하노라.

3

개구리 우는 소리 비 오신 줄 알았건만
님께서 오실 줄 알고 새옷 입고 나갔더니
님보다 비 먼저 오시니 그를 슬퍼하노라.

4

산중에 해가 길고 시내 위에 꽃이 진다.
풀밭에 홀로 누워 만고 흥망(萬古興亡) 잊었더니
어디서 두서너 소리 뻐꾹뻐꾹하더라.

5

물이 흐르기로 두만강(豆滿江)이 마를 건가.
뫼가 솟았기로 백두산(白頭山)이 무너지랴.
그 사이 오가는 사람이야 일러 무엇하리요.

6

비낀 볕 소등 위에 피리 부는 저 아이야,
너의 소 짐 없거든 나의 시름 실어 주렴.
싣기는 어렵잖아도 부릴 곳이 없어라.

7

이별로 죽은 사람 응당히 말하리라.
그 무덤의 풀을 베어 그 풀로 칼 만들어
고적한 긴긴 밤을 도막도막 끊으리라.

8

밤에 온 비바람이 얼마나 모질던고.
많고 적은 꽃송이가 가엾게도 떨어졌다.
어쩌다 비바람은 꽃 필 때에 많은고.

9

시내의 물소리에 간 밤 비를 알리로다.
먼 산의 꽃소식이 어제와 다르리라.
술 빚고 봄옷 지어 오시는 님을 맞을까.

10

꽃이 봄이라면 바람도 봄이리라.
꽃 피자 바람 부니 그럴 듯도 하다마는
어쩌다 저 바람은 꽃을 지워 가는고.

11

청산(靑山)이 만고(萬古)라면 유수(流水)는 몇 날인고.
물을 좇아 산에 드니 오간 사람 몇이던고.
청산(靑山)은 말이 없고 물만 흘러가더라.

12

산에 가 옥(玉)을 캘까 바다에 가 진주(眞珠) 캘까.
하늘에 가 별을 딸까 잠에 들어 꿈을 꿀까.
두어라 님의 품에서 기른 회포 풀리라.

13
저승길 멀다 한들 하나밖에 더 있는가.
사람마다 끊어 내면 하룻길도 못 되리라.
가다가 길이 없거든 돌아올까 하노라.

童詩 3편

달님

저기 저 저 달 속에
방아 찧는 옥토끼야,
무슨 방아 찧어내나
약방아를 찧어낸다.
고무풍선 타고 가서
그 약 세 봉 얻어다가
한 봉을랑 아버님께
한 봉을랑 어머님께
또 한 봉은 내가 먹고
우리 부모 모시고서
천년 만년 살고지고.

초승달님 어린 달님
우리 동생 시집가고
그믐 딜님 늙은 달님
우리 언니 시집가고
보름달님 젊은 달님
누가누가 시집가나.
언년이도 아니 되고
갓난이도 못 간단다.

보름달님 젊은 달님
누가누가 시집가나
짱께뽀이 아아고데쇼.

달님 달님 저 달님
밝은 달님 예뻐요.
밝은 달님 저 달님
등잔보다 밝아요.
물 떠놓은 대야에
저 달님이 빠지면
팔을 걷고 건져서
우리 오빠 책상에
걸어놓아 드려요.

농(籠)의 소조(小鳥)

어여쁜 작은 새야
너는 언니도 없구나
자꾸만 혼자 울고
밤엔 혼자 자는구나
예쁘고 불쌍하다.
너는 언니도 없구나.

어여쁜 작은 새야
자꾸 울지를 말아야
어여쁜 우리 아기
잠을 깨우지 말아요.
언니도 없는 새야
너는 가엾기도 하다.

잠자는 우리 아기
깨면 너에게 주리라
잘 때는 우리 아기
깨면 너의 언니란다.
자꾸만 울지 마라
너는 언니가 있단다.

산 너머 언니

저기 저기 저 산 너머
우리 언니 사신단다.
낮이며는 나물 캐고
밤이며는 길쌈하여
나물 팔고 베를 팔아
닷냥 두냥 모아다가
우리 동생 학교 갈 때
공책 사고 연필 사서
책가방에 너주신다.
우리 동생 좋아라고
까치걸음 뛰어가서
선생님께 자랑하면
선생님이 예쁘다고
곱게곱게 빗은 머리
쓰다듬어 주신단다.

제 3 부

禪 詩

추운 계절에 옷이 없어
歲寒衣不到戲作

해는 바뀌어도 옷은 안 오니
몸 하나도 주체하기 어려운 줄 비로소 알았네.
이런 마음 아는 이 많지 않거니
범숙은 요사이 그 어떠한지.

歲新無舊着
自覺一身多
少人知此意
范叔近如何

새로 갬
新晴

새 소리 꿈 저쪽에 차고
꽃 내음은 선(禪)에 들어와 스러진다
선과 꿈 다시 잊은 곳
창 앞의 한 그루 벽오동나무!

禽聲隔夢冷
花氣入禪無
禪夢復相忘
窓前一碧梧

차가운 비가 내리는 연말
暮歲寒雨有感

차가운 비 하늘 가를 스치고 지나는데
희어진 귀밑머리 해가 저물고……
나날이 자라는 시름 키보다 높아
온몸에 당기는 것 오직 술뿐!
날씨는 차가운데 술은 안 오고
돌아가 이소(離騷)를 읽고 있자니
사람들은 왜 못 마땅히 여기는지
계율을 안 지킨다 나를 탓하네.
눈을 둘러 인간 세계 내려다보면
땅이란 땅 바다로 또 바뀌느니!

寒雨過天末

鬢邊暮歲生

愁高百骸低

全身但酒情

歲寒酒不到

歸讀離騷經

傍人亦何怪

罪我違淨行

縱目觀下界

盡地又滄溟

수행자
雲水

흰 구름은 끊어져 법의(法衣)와 같고
푸른 물은 활보다도 더욱 짧아라.
이곳 떠나 어디로 자꾸 감이랴.
유연히 그 무궁함 바라보느니!

白雲斷似衲

綠水矮於弓

此外一何去

悠然看不窮

홀로 읊다
獨唫

산중은 차고 해도 기우는데
아득한 이 생각 누구와 함께 하랴.
잠시 이상하게 우는 새 있어서
한암고목(寒巖枯木)까지는 안 되고 마네.

山寒天亦盡

渺渺與誰同

乍有奇鳴鳥

枯禪全未空

상큼한 추위
淸寒

달을 기다리며 매화는 학인 양 야위고
오동에 의지하니 사람 또한 봉황임을!
온 밤내 추위는 안 그치고
눈은 산을 이루네.

待月梅何鶴

依梧人亦鳳

通宵寒不盡

遠屋雪爲峰

여행 중의 회포
旅懷

한 해가 다 가도록 돌아가지 못한 몸은
봄이 되자 다시 먼 곳을 떠돈다
꽃을 보고 무심하지는 못해
좋은 곳 있으면 들러서 가곤 한다.

竟歲未歸家

逢春爲遠客

看花不可空

山下奇幽跡

176

즐거움
自樂

철이 마침 좋은지라 막걸리 기울이고
이 좋은 밤 시 한 수 없을 수 있는가.
나와 세상 아울러 잊었어도
계절은 저절로 돌고 도느니.

佳辰傾白酒
良夜賦新詩
身世兩忘去
人間自四時

홀로 거닐며
孤遊

일생에 기구한 일 많이 겪으니
이 심경은 천추(千秋)에 아마 같으리.
일편단심 안 가시니 밤달이 차고
흰머리 흩날릴 제 새벽 구름 스러짐을.
고국 강산 그 밖에 내가 섰는데
아, 봄은 이 천지에 오고 있는가.
기러기 비껴 날고 북두성 사라질 녘
눈서리 치는 변경 강물 흐름을 본다.

一生多歷落
此意千秋同
丹心夜月冷
蒼髮曉雲空
人立江山外
春來天地中
雁橫北斗沒
霜雪關河通

반평생 만나니 기구한 일들.
다시 북녘땅 끝까지 외로이 흘러왔네.
차가운 방 안에서 비바람 걱정하느니
이 밤 새면 백발 느는 가을이리라.
半生遇歷落
窮北寂寥遊
冷齋說風雨
畫回鬢髮秋

병들어 시름하며
病愁

푸른 산 그 품속에 오두막집 한 채 있어
젊은 몸 어이하여 병은 이리 많은 건지.
시름이 끝없는 대낮
가을꽃도 피누나.

靑山一白屋
人少病何多
浩愁不可極
白日生秋花

뜻 맞는 벗과 함께
與映湖和尙訪乳雲和尙乘夜同歸

만나니 우리들 뜻이 맞아서
어느덧 해 저물고 밤이 되었네.
눈 속에 주고받은 심상한 말도
내 마음 비쳤었네 밝히 물처럼.

相見甚相愛
無端到夜來
等閑雪裡語
如水照靈臺

영호 화상의 시에 부쳐
次映湖和尙

시(詩)와 술 일삼으며 병이 많은 이 몸
문장을 벗하여서 그대도 늙어…….
눈바람 치는 날에 편지 받으니
가슴에 뭉클 맺히는 이 정!
詩酒人多病
文章客亦老
風雪來書字
兩情亂不少

병든 벗을 생각하며
乳雲和尙病臥甚悶又添鄕愁

친구는 이제 병들어 눕고
기러기 편에 편지도 없어……
이 시름 어찌 끝이 있으랴.
등불 밑에 시시로 늙어 가느니!
故人今臥病
春雁又無書
此愁何萬斛
燈下千鬢疎

고향 생각
思鄕

천리라 머나먼 고향을 떠나
글에 묻혀 떠돌기 설흔 해여라.
마음이야 젊어도 이미 늙어서
눈바람 속 하늘가에 다시 이르다.
江國一千里
文章三十年
心長髮已短
風雪到天邊

백화암을 찾아서
訪白華庵

그윽한 오솔길을 봄날에 찾아드니
굽은 숲을 따라 풍광(風光)이 새로와라.
길도 끊어진 여기 흥은 일어서
바라보며 마음껏 시를 읊조리다.
春日尋幽逕
風光散四林
窮途孤興發
一望極淸唫

고기잡이의 뱃노래
巴陵漁父棹歌

배가 가니 하늘은 물과 같은데
그 더욱 맑은 노래 들려 올 줄야!
가락은 달빛 속을 누벼 고요하고
소리는 밤의 적막 헤쳐 흐르네.
지음(知音)이 그 누군지 백로에 묻고
도롱이에 가득 싸인 고향 달리는 꿈.
다시 창랑(滄浪)의 노래 들려 오기에
관끈 어루만지며 옛 산천 그리느니……

舟行天似水
此外接淸歌
韻入月明寂
響飛夜靜多
知音問白鷺
歸夢滿晴蓑
更聽滄浪曲
撫纓憶舊波

송청암에게
贈宋淸巖

만나니 놀라운 중 반갑기도 반가와
함께 가을 산을 찾아들었네.
해 뜨면 구름의 흰 빛을 보고
밤에는 달빛 속을 거닐기도 하고.
돌멩이야 본래 말이 없어도
오래 된 오동에선 맑은 소리 나는 것.
이 세상이 곧 낙토(樂土)이거니
구태여 신선 되기 바라지 말게.
　　　　　— 이때 송(宋)이 신선 되기를 원했다.

相逢輒驚喜
共作秋山行
日出看雲白
夜來步月明
小石本無語
古桐自有聲
大塊一樂土
不必求三淸
　　　— 時宋求仙

학명 선사에게
養眞庵臨發贈鶴鳴禪伯

이 세상 밖에 천당은 없고
인간에게는 지옥도 있는 것.
백척간두에 서 있는 그뿐
왜 한 걸음 내딛지 않는가.
世外天堂少
人間地獄多
佇立竿頭勢
不進一步何

일에는 어려움 많고
사람 만나면 헤어져야 하는 것.
본래 세상 일은 이와 같거니
남아라면 얽매임 없이 뜻대로 살리.
臨事多艱劇
逢人足別離
世道固如此
男兒任所之

184

양진암 풍경
養眞庵

깊기도 깊은 별유천지라
고요하여 집도 없는 듯.
꽃이 지는데 사람은 꿈속 같고
옛 종(鐘)을 석양이 비춘다.

深深別有地
寂寂若無家
花落人如夢
古鐘白日斜

이별의 시
贈別

천하에서 만나기도 쉽지 않네만
옥중에서 헤어짐도 또한 기이해!
옛 맹세 아직도 식지 않았거든
국화와의 기약을 저버리지 말게.

天下逢未易
獄中別亦奇
舊盟猶未冷
莫負黃花期

어느 학생에게
寄學生

치사스럽겐 살아도 치욕인데
옥으로 부서지면 죽어도 보람임을!
칼 들어 하늘 가린 가시나무를 베고
길이 휘파람 부니 달빛 밝구나.
瓦全生爲恥
玉碎死亦佳
滿天斬荊棘
長嘯月明多

비온 뒤의 범어사
梵魚寺雨後述懷

하늘 끝 흘러오니 봄비 가늘고
옛절에 매화의 꿈은 차갑다.
홀로 가며 천고(千古)를 생각하노니
구름 스러지고 머리는 희어……
天涯春雨薄
古寺梅花寒
孤往思千載
雲空髮已殘

186

병을 앓고 나서
仙巖寺病後作

흘러오니 남쪽 땅의 끝인데
앓다가 일어나니 어느덧 가을 바람……
매양 천리길을 혼자 가다가
길 막히면 도리어 흐뭇하더군.

客遊南地盡
病起秋風生
千里每孤往
窮途還有情

초가을 병 핑계로 사람 안 만나고
하얀 귀밑머리 늙음이 물결치네.
꿈은 괴로운데 친구는 멀고
더더욱 찬비 오니 어쩌겠는가.

初秋人謝病
蒼鬢歲生波
夢苦人相遠
不堪寒雨多

어느 일본 절의 추억
曹洞宗大學校別院

절은 고요하기 태고(太古) 같아서
세상과는 인연이 닿지 않는 곳.
종소리 끊인 뒤 나무들 그윽하고
차 향기 높은 사이 한가한 꽃.
선심(禪心)은 맑아서 백옥인 양한데
꿈만 같이 이 청산 이르른 것을.
다시 별다른 곳 찾아 나섰다가
우연히 새로운 시 얻어서 돌아왔네.
一堂似太古
與世不相干
幽樹鐘聲後
閑花茶藹間
禪心如白玉
奇夢到靑山
更尋別處去
偶得新詩還

절에는 아름다운 나무가 많아
낮에도 음산하고 물결 떨어져……
깜빡 잠들었다 깨어나 보니
꽃이 지는데 경쇠 소리 높아라.
院裡多佳木

畫陰滴翠濤
幽人初破睡
花落磬聲高

옛뜻
古意

맑은 밤에 칼 짚고 서니
칼날 앞에 천추(千秋)도 안중에 없네.
꽃이라 버들이라 상할까 하여
머리 돌려 봄바람 불러 오느니!
清宵依劍立
霜雪千秋空
恐傷花柳意
回看迎春風

매미 소리를 듣고
東京旅館聽蟬

나무 빛은 푸르러 물보다 맑고
여기 저기 매미 소리 초가(楚歌) 울리듯.
이 밖의 다른 일은 말하지 말게.
나그네의 이 시름 돋울 뿐이니.

佳木淸於水
蟬聲似楚歌
莫論此外事
偏入客愁多

가을 비
秋雨

왜 이리도 쓸쓸한 가을비런가.
갑자기 으스스해 새삼 놀라는 것.
생각은 하늘 나는 학인 양하여
구름 따라 서울에 들어가느니.

秋雨何蕭瑟
微寒空自驚
有思如飛鶴
隨雲入帝京

가을 새벽
秋曉

빈 방안 어느덧 환해지고
은하 기울어 다락에 들어온다.
가을 바람 옛 꿈을 불고
새벽달은 내 시름을 비춘다.
낙엽진 나무 사이 등불 하나 뵈고
낡은 못으로 차가운 물이 흐른다.
안 돌아오는 나그네 생각하여
내일 아침이면 흰머리 되리라.
虛室何生白
星河傾入樓
秋風吹舊夢
曉月照新愁
落木孤燈見
古塘寒水流
遙憶未歸客
明朝應白頭

향로암
香爐庵卽事

중이 떠나가니 가을 산 멀고
백로 나는 곳 들물 맑아라.
나무 그늘 서늘한데 번지는 피리 소리.
다시는 신선을 그리워 안 하리.

僧去秋山逈
鷺飛野水明
樹凉一笛散
不復夢三淸

다듬이 소리
砧聲

그 어디서 들리는지 다듬이 소리
옥(獄)에 가득 추위를 몰고 오는 밤.
하늘 옷이 덥다고 이르지 말라.
뼈에 스미는 이 추위와 어떻다 하리.

何處砧聲至
滿獄自生寒
莫道天衣煖
孰如徹骨寒

192

높은 데 올라서
登高

조망을 즐기려 해 높은 뫼 올라가니
사람은 점 같아서 산 저쪽에 사라지고
소낙비 내리는 그 속 돛단배가 가누나.
장강을 가노라면 술 만나기 드물렷다.
펄펄 날리는 눈 시에 들어 녹는 것을!
오동에 바람은 세차고 낙일(落日) 머리 물들여……

偶思一極目
躋彼危岑東
人去靑山外
舟行白雨中
長河遇酒少
大雪入詩空
風落枯桐急
殘陽映髮紅

달밤
玩月

산에는 푸른 달빛 흘러 넘치느니
홀로 거닐며 마음껏 노니는 이 밤.
누구 위해 먼 먼 이 정(情)이러뇨.
밤은 깊어 가고 걷잡을 수 없어라.

空山多月色
孤往極淸遊
情緖爲誰遠
夜闌杳不收

달을 보고
見月

숨어 산다고 달이야 안 보랴.
하룻밤 내내 뜬눈으로 새우네.
온갖 소리 끊어진 그 경지에서
또 다시 뜻이 있는 시를 찾느니!

幽人見月色
一夜總佳期
聊到無聲處
也尋有意詩

194

달이 돋으려 할 때
月欲生

뭇 별들이 햇빛을 앗아 먹으니
온갖 귀신 나타나 활개를 치고.
어둠의 장막 드리우는 곳
숲이란 숲 자취를 각기 감추네.

衆星方奪照
百鬼皆停遊
夜色漸墜地
千林各自收

달이 처음 뜰 때
月初生

묏등에 흰 구슬 불끈 솟으니
시내에는 황금 덩이 떠서 흐르네.
산골 사람 가난함을 한하지 말라.
하늘이 주는 보배 끝이 없거니!

蒼岡白玉出
碧澗黃金遊
山家貧莫恨
天寶不勝收

달이 한가운데 올라
月方中

온갖 나라 다 함께 우러러보고
모든 사람 제각기 즐기며 노네.
너무나 빛나기에 가질 수 없고
먼 하늘 걸렸거니 어찌 손대리.

萬國皆同觀
千人各自遊
皇皇不可取
迢迢那堪收

달이 지려 할 때
月欲落

소나무 아래 푸른 안개 스러지고
학이 잠든 언저리 노니는 맑은 꿈.
동산에서는 피리 소리 그치고
찬 달빛 걷히어 아쉽다.

松下蒼烟歇
鶴邊淸夢遊
山橫鼓角罷
寒色盡情收

등 그림자를 읊다
咏燈影

밤은 차서 창문도 물과 같은 밤
등 그림자 바라보며 누워 있으니
두 눈으론 아무래도 희미한 그것
선승(禪僧)입네 하는 내가 부끄럽기만!
夜冷窓如水
臥看第二燈
雙光不到處
依舊愧禪僧

병상에서
病監後園

선(禪)을 말하다니 속된 짓이요
그물 뜨는 이 몸이 어찌 중이리.
홀홀 낙엽짐이 가장 설거니
가을 매는 노(繩)가 없어 안타까와라.
談禪人亦俗
結網我何僧
最憐黃葉落
繫秋原無繩

기러기
咏雁

외기러기 슬픈 울음 멀리 들리고
별도 몇 개 반짝여 밤빛이 짙다.
등불 사위어 가고 잠도 안 오는데
언제 풀리느냐고 옥리(獄吏)가 묻는다.
一雁秋聲遠
數星夜色多
燈深猶未宿
獄吏問歸家

아득한 하늘 가에 외기러기 우니
옥에 가득 가을 소리 꼬리를 끄네.
갈대를 비추는 달 말하는 외에
그 어떤 원설상(圓舌相)이 있다는 건가.
天涯一雁叫
滿獄秋聲長
道破蘆月外
有何圓舌相

벚꽃
見櫻花有感

지난 겨울 내린 눈이 꽃과 같더니
이 봄에는 꽃이 되려 눈과 같구나.
눈과 꽃 참 아님을 뻔히 알면서
내 마음은 왜 이리도 찢어지는지.
昨冬雪如花
今春花如雪
雪花共非眞
如何心欲裂

빗속에 홀로 노래하다
雨中獨唫

섬나라라 비바람 흔해서
높다란 이 집은 오월에도 춥다.
목석도 아닌 만리 밖 나그네
말없이 푸른 산을 대해 앉노니.
海國多風雨
高堂五月寒
有心萬里客
無語對靑巒

회포를 읊음
懷唫

기러기도 이곳에는 적은 탓인지
밤마다 기다려도 고향 소식 드물고
달 뜨면 숲에 그림자 쓸쓸한데
국경이라 바람 타고 번지는 피리 소리.
시든 버들 보면 봄술 생각나고
다듬이 소리 남아 새옷 없음 안타까와……
한 해가 또 마지막 가려는데
반평생을 보낸 것 산등성이구나.

此地雁群少

鄕音夜夜稀

空林月影寂

寒戌角聲飛

衰柳思春酒

殘砧悲舊衣

歲色落萍水

浮生半翠微

영산포의 배 안에서
榮山浦舟中

어적(漁笛) 소리 들리는 밤 강에는 달이 밝고
술집의 등불 환한 기슭은 가을.
외로운 돛배에 하늘이 물 같은데
사람은 갈꽃 따라 하염없이 흐르노니!
漁笛一江月
酒燈兩岸秋
孤帆天似水
人逐荻花流

구암폭포
龜巖瀑

가을철 산에 폭포 급하니
뜬세상 늙은 몸이 부끄러워라.
밤낮으로 흘러서 어딜 감이랴
천고(千古)의 인걸들 그려 보느니.
秋山瀑沛急
浮世愧殘春
日夜欲何往
回看千古人

매화 예찬
又古人梅題下不作五古余有好奇心試唫

매화를 반가이 만나려거든
그대여, 눈 쌓인 강촌(江村)으로 오게.
저렇게 얼음 같은 뼈대이거니
전생(前生)에는 백옥(白玉)의 넋이었던가.
낮에 보면 낮대로 기이한 모습,
밤이라 그 마음이야 어두워지랴.
긴 바람 피리 타고 멀리 번지고
따스한 날 선방(禪房)으로 스미는 향기!
매화로 하여 봄인데도 시구에는 냉기 어리고
따스한 술잔 들며 긴긴 밤 새우는 것.
하이얀 꽃잎 언제나 달빛을 띠고
붉은 그것 아침 햇살 바라보는 듯
그윽한 선비 있어 사랑하노니
날씨가 차갑다 문을 닫으랴.
강남의 어지러운 다소의 일은
아예, 매화에겐 말하지 말라.
세상에 지기(知己)가 어디 흔한가.
매화를 상대하여 이 밤 취하리.
梅花何處在
雪裡多江村
今生寒氷骨
前身白玉魂

202

形容畫亦奇
精神夜不昏
長風散鐵笛
暖日入禪園
三春詩句冷
遙夜酒盃溫
白何帶夜月
紅堪對朝暾
幽人抱孤賞
耐寒不掩門
江南事蒼黃
莫向梅友言
人間知己少
相對倒深尊

한가함
咏閑

깊은 산속에 부치니 그윽한 꿈
집은 높은 데라 한없이 생각은 달리고……
찬 구름 시내에서 일면
가냘픈 달은 언덕을 지나느니.
텅 비어 얽매임 없는 몸은
도리어 제가 저를 잊기도 해라.

窮山寄幽夢

危屋絶遠想

寒雲生碧澗

纖月度蒼岡

曠然還自失

一身却相忘

한가한 노래
閑唫

중년(中年)에 인생의 헛됨을 알아
산을 의지해 따로 집을 마련했다.
섣달이 지나 남은 눈에 시를 쓰고
봄을 맞아 온갖 꽃을 즐긴다.
돌멩이 여남은 개 빌어다 쌓아
자꾸 꾀는 구름을 막고,
내 마음 어지간히 학이 되었는 듯
이 밖에서 덩실덩실 춤추며 산다.

中歲知空劫
依山別置家
經臘題殘雪
迎春論百花
借來十石少
除去一雲多
將心半化鶴
此外又婆娑

번민
自悶

잠들면 잠든 대로 꿈은 괴롭고
깨면 달빛 속에 끝없는 생각.
한 몸으로 이 두 적(敵) 어이 견디랴.
아침 되니 어느덧 백발 되었네.

枕上夢何苦
月中思亦長
一身受二敵
朝來鬢髮蒼

새벽
曉日

먼 숲에 안개 끼니 버들인 양하고
눈 내린 고목(古木)에는 꽃이 피었네.
이는 곧 자연의 시가 아닌가.
하늘의 조화는 끝을 모를레.

遠林烟似柳
古木雪爲花
無言句自得
不奈天機多

새벽 경치
曉景

하늘 높이 달 걸리고 나무에선 구름이 이는데
높은 산 저 숲에는 남은 밤 걸리었네.
요란히 울리던 종소리 그치니
끊어졌던 외로움 다시 이어지느니!
月逈雲生木
高林殘夜懸
撩落鐘聲盡
孤情斷復連

창가에 밤이 걷히고
나는 누운 채 시를 읊는다.
다시 잠들어 즐거운 나비
또 꿈 속에 매화를 찾는다.
山窓夜已盡
猶臥朗唫詩
栩然更做夢
復上梅花枝

온 산에 외기러기 날고
나무들은 몇 번이나 종소리 냈나.
낡은 집에 승려 홀로 있어서
젊었어도 늙은인 양 움츠리고 사느니!

千山一雁影
萬樹幾鐘聲
古屋獨僧在
芳年白首情

청정한 노래
淸唫

먼 물가에 외로운 꽃이 벌고
몇 개의 종 걸린 곳 대숲이 차군.
견성(見性)이 이미 된 줄 알지 못하여
오히려 사물을 처음 보듯 보느니!
一水孤花逈
數鐘千竹寒
不知禪已破
猶向物初看

눈 내린 새벽
雪曉

고운 새벽 빛 판자집에 스미니
너무 당황해 나가 놀지 못하네.
한 점의 구름 성 위로 옮아 가고
어지러운 저 봉우리 달이 넘어가……
추운 마음, 눈에 덮인 나무를 휘돌고
아득히 창주(滄洲)를 지나는 새 꿈!
바람 일어 종소리 급한데
아, 역력히 천지가 떠 있구나.

曉色通板屋
忽忽不可遊
層郭孤雲去
亂峰殘月收
寒情遶玉樹
新夢過滄洲
風起鐘聲急
乾坤歷歷浮

동지
冬至

엊저녁 뜻밖에도 우레 소리 들리더니
오늘 아침 기쁜 중 끝없는 생각.
궁벽한 산중에 또 한 해가 가고
이 나라에 처음으로 봄이 생기는 때,
문을 열어 새해의 복을 맞고
친구에게 해가 묵은 편지를 띄운다.
자연의 조화 곳곳에 움직이거니
고요히 바라보며 내 집에 정이 간다.

昨夜雷聲至
今朝意有餘
窮山歲去後
故國春生初
開戶迓新福
向人送舊書
群機皆鼓動
靜觀愛吾廬

본 대로 느낀 대로(1)
卽事

여기 저기 남은 눈에 햇볕 한결 따스하고
먼 숲에 어린 것 봄의 기미(氣味) 분명하네.
앓고 나 바라보기에 느껴움은 이럴까.

殘雪日光動
遠林春意過
山屋病初起
新情不奈何

본 대로 느낀 대로(2)
卽事

산 밑에는 햇빛이 쨍쨍 비치고
산 위에는 어지러이 눈이 날린다.
한 산에 음양(陰陽)이 이리 다르니
시인이 있어 가슴 메인다.

山下日杲杲
山上雪紛紛
陰陽各自妙
詩人空斷魂

본 대로 느낀 대로(3)
卽事

태양을 몰아치듯 삭풍이 부는 속에
강변의 성을 대하여 서면
한 무더기 안개 나무에 맞아 치솟고
얇은 어스름 뜰에 내린다.
천리에 산 그림자 지는 때
여기는 눈이라도 내릴 듯한 기색.
시정(詩情)이 국경을 싸고 도는데
기러기 떼지어 하늘 날음을 보노니……

朔風吹白日

獨立對江城

孤烟接樹直

輕夕落庭橫

千里山容滴

一方雪意生

詩思動邊塞

侶鴻過太淸

본 대로 느낀 대로(4)
卽事

조그만 암자 태고(太古)처럼 고요한데
홀로 난간에 기대어 앉으면
마른 나무잎 서글피 소리내고
주린 까마귀 그림자가 차다.
구름은 돌아가다 고목(古木)에 끊기고
지는 해 반쯤 서산에 걸려……
온 산에 쌓인 눈 마주 보자니
봄 기운 천지에 돌아오는 기색!
一庵何寂寞
塊坐依欄干
枯葉作聲惡
飢鳥爲影寒
歸雲斷古木
落日半空山
獨對千峰雪
淑光天地還

북풍이 일어 기러기 끊기고
백일(白日)에 나그네 시름은 차다.
고요히 천지를 두루 살피니
구름만 만고에 한가한 것을……
北風雁影絶
白日客愁寒

冷眼觀天地
一雲萬古閒

본 대로 느낀 대로(5)
卽事

먹구름 걷히는 곳 둥두렷한 달
찬 그 빛 먼 나무 곱게 적시고
학도 날아가고 고요한 산엔
누군가 잔설(殘雪) 밟고 가는 발소리.
烏雲散盡孤月橫
遠樹寒光歷歷生
空山鶴去今無夢
殘雪人歸夜有聲

홍매(紅梅) 꽃이 벌어 중은 삼매에 들고
소낙비 지나가매 차도 한결 맛이 맑아……
호계(虎溪)까지 전송하고 크게 웃다니!
잠시 도연명의 인품 그리어 보네.
紅梅開處禪初合

白雨過時茶半淸
虛設虎溪亦自笑
停思還憶陶淵明

무제(1)
無題

시름으로 해 고요한 밤이 싫고
술이 다하매 추울까 겁이 난다.
천리 밖 그 사람 하도 그리워
마음은 그곳으로 달려가 서성거린다.
愁來厭夜靜
酒盡怯寒生
千里懷人急
心隨未到情

늙은 나이라 머리칼 짧아져도
해바라기 닮아서 뜻은 장하다.
산집에는 아직 눈이 녹지 않았는데
매화는 벌어 봄밤이 향기롭다.

桑楡髮已短
葵藿心猶長
山家雪未消
梅發春宵香

구름 끊어지니 시를 얻고
눈 오는 날 술이 익는다.
서성거리며 천고(千古)를 생각노니
아, 길이 밝은 저 하늘의 달!
雲斷詩成韻
雪來酒動香
縱步思千古
靑天明月長

땅이 야위어 구름 가늘고
가난 탓이랴 매화가 더디 핀다.
은사(隱士)의 마음은 사슴 같아서
매양 닭과 개와 함께 노닌다.
地瘠雲生細
家貧梅發遲
幽人心似鹿
鷄犬每相隨

기슭의 대숲은 옥인 양 희고
시내에 구름 끼니 옷을 펼친 듯.
아무래도 저 산에 눈이 오겠는데
이따금 어디론지 까마귀가 날아간다.
岸竹立千玉
磵雲臥一衣
他山雪意重
時見寒鴉飛

흐르는 이 물은 영웅의 눈물
지는 꽃은 재사(才士)의 시름이거니
청산이 좋다고 이르지 말라.
시내랴 숲은 해골투성이임을!
流水英雄淚
落花才子愁
莫道靑山好
溪林半髑髏

돌에 부딪쳐 시내는 소리 내고
달이 흐림은 구름 탓이 많네.
그대 그려 마음은 날아가서
한 해 다 가도 돌아올 줄 모르네.

溪響每因石
月陰半借雲
思君心獨往
抵歲不相分

매화를 비추는 달 학이 지키고
구슬이 흐르는데 솔바람 소리!
내 마음은 대나무를 닮은 탓인지
느끼는 것 있어도 말을 잊는다.
鶴守梅花月
玉流松柏風
堪憐心學竹
得眞失之空

무제(2)
無題

날로 추위 심해 문밖 안 나갔더니
시내의 돌들은 옥 되어 살쪘다고.
공중에 길 없는데 새는 어디로 나나.

218

산 속의 보금자리 구름 아직 안 돌아와……
억지 술로 시름을 잊으려니 계략인즉 졸렬하고
굳이 잠들어 꿈을 이루려 해도 술책 어긋나……
한 하늘 눈바람 속 사람 먼 곳 있는데
온통 희어진 머리 저녁 해 받아 섰느니!

日覺甚寒不出扉

報言澗石玉爲肥

空中無路鳥何去

山裡有家雲未歸

勒酒消愁計已拙

强眼做夢術且違

一天風雪美人遠

華髮滿頭負夕暉

명검(名劍)은 갈기 전에 날카롭고
좋은 꽃은 진 뒤에도 향기로운 것.
어여쁘다 하늘의 둥두렷한 달
홀로 내 마음 길이 비치느니……

名劍磨前快

好花落後香

可憐天上月

獨照片心長

홀로 있는 밤
獨夜 二首

밝은 달 하늘 가로 기울어지고
이 긴 밤 홀로 누워 듣는 솔 소리.
잠시도 동문(洞門) 밖을 안 나갔건만
산수(山水) 찾는 버릇은 그대로 남아 있네.

天末無塵明月去
孤枕長夜聽松琴
一念不出洞門外
惟有千山萬水心

숲에 맺힌 이슬 달빛에 싸락눈 같고
물 건너 들려 오는 어느 집 다듬이 소리.
저 산들이야 하냥 저기 있으련만
매화꽃 필 적이면 고향 찾아 돌아가리.

玉林垂露月如霰
隔水砧聲江女寒
兩岸靑山皆萬古
梅花初發定僧還

구곡령을 지나며
過九曲嶺

천리 밖 섣달 눈을 다 보내고서
지리산 깊은 골짝 봄볕에 길을 가면
하늘에 닿을 듯한 구곡령 길도
뒤틀린 내 마음의 그 길이엔 못 미치리.

過盡臘雪千里客
智異山裡趁春陽
去天無尺九曲路
轉回不及我心長

규방의 한
春閨怨

원앙새 수놓다가 끝도 못 내고
창 건너 속삭임에 더욱 애태워……
잠이 들면 밤새도록 꿈은 꿈대로
강남에 가 돌아올 줄 까맣게 잊네.

一幅鴛鴦繡未了
隔窓微語雜春愁
夜來刀尺成孤夢
行到江南不復收

한가히 노닐며
閒遊

반평생 겪은 풍진(風塵) 도(道) 또한 없는 몸은
천애(天涯)에 윤락하여 산수(山水) 찾아 노닐 뿐
시 되면 벽에다 쓰고 달 따라 언덕에 놀고……
높은 노래 끊이는 곳 천고(千古)를 생각느니
그윽한 흥 일어날 땐 스러지는 온갖 시름
돌아가 구름 속 누우면 꿈도 산수 더듬네.

半世風塵無道術
天涯淪落但淸遊
偶得新詩題白屋
又隨明月到靑邱
高歌斷處思千古
幽興來時消百愁
夜闌歸臥白雲榻
夢似丹靑自不收

나비
蝴蝶

봄바람에 꽃을 찾아 분주하거니
아마도 사람이면 탕자(蕩子)쯤 되리.
가뜩이나 꿈인 세상 꿈을 덧붙여
그 당시의 어느 시름 씻었단 말인가.

東風事在百花頭
恐是人間蕩子流
可憐添做浮生夢
消了當年第幾愁

매화 꽃잎
觀落梅有感

우주의 크나큰 조화로 하여
선원(禪院) 가득 예전대로 매화가 벌어……
머리 돌려 삼생(三生)의 일 물었더니
한가을 유마(維摩)네 집 반은 꽃 졌네.

宇宙百年大活計
寒梅依舊滿禪家
回頭欲問三生事
一秋維摩半落花

봄꿈
春夢

꿈은 낙화 같고, 꽃은 되레 꿈인 것을
사람은 왜 나비 되고 나비는 왜 사람 되나.
이 모두가 마음의 장난이거니
동군(東君) 찾아 이 한 봄을 못 가도록 만들고자.
夢似落花花似夢
人何胡蝶蝶何人
蝶花人夢同心事
往訴東君留一春

번민을 풀다
遣悶

봄시름과 봄비는 으스스 춥기에
봄술 한 병으로 만난(萬難) 물리쳐……
봄술에 취하여서 봄꿈 이루니
개자씨에 수미산 넣어도 남네.
春愁春雨不勝寒
春酒一壺排萬難
一酣春酒作春夢
須彌納芥亦復寬

224

산골집 흥취
山家逸興

누가 사는지 물가의 두세 채 집
낮에도 문을 닫아 놀을 막네.
돌을 둘러 앉으면 바둑 소리 대숲을 울리고
구름에 잔질하니 꽃 보며 안 마시는 술이란 없어……
십년을 한 신 끌기로 고상함 무엇 해치리
만사는 표주박 속 비었어도 관계 없네.
석양의 나무 그늘 앉을 만하니
만산 신록(滿山新綠) 속에 풀피리를 듣느니!

兩三傍水是誰家
晝掩板扉隔彩霞
圍石有碁皆響竹
酌雲無酒不傾花
十年一履高何妨
萬事半瓢空亦佳
春樹斜陽堪可坐
滿山滴翠聽樵笳

개인 날
唫晴

나무들은 뜰에 그림자 떨구고 장마비 개니
발로 스미는 가을 기운 선(禪)인 양 써늘하다.
고국 산천은 꿈속이면 바로 거긴데
대낮에 지는 저 꽃 소리도 없어……
庭樹落陰梅雨晴
半簾秋氣和禪生
故國靑山夢一髮
落花深晝渾無聲

산의 대낮
山晝

봉우리 창에 모여 그림인 양하고
눈바람은 몰아쳐 지난해인 듯.
인경(人境)이 고요하고 낮 기운 찬 날
매화꽃 지는 곳에 삼생(三生)이 공(空)이어라.
群峰螬集到窓中
風雪凄然去歲同
人境寥寥晝氣冷
梅花落處三生空

구암사의 초가을
龜岩寺初秋

옛절에 가을 되니 마음 절로 맑아지고
달빛 속 높이 달린 박꽃이 희다.
서리 안 와 남쪽 골짜기 단풍나무 숲
서너 가지 몇 잎새가 겨우 붉어져……

古寺秋來人自空
匏花高發月明中
霜前南峽楓林語
纔見三枝數葉紅

가을 밤비
秋夜雨

정(定)에 드니 담담하기 물 같은 심경
향불 다시 피어나고 밤도 깊은 듯.
문득 오동잎 두들기는 가을비 소리
으스스 새삼스레 밤이 차구나.

床頭禪味澹如水
吹起香灰夜欲闌
萬葉梧桐秋雨急
虛窓殘夢不勝寒

회포
述懷

마음은 빗장 잠근 집과 같아서
무엇 하나 묘한 경지 든 적이 없어……
천리 밖 오늘 밤도 또한 꿈임을
달빛 속에 가을 나무 어지러이 춤추네.
心如疎屋不關扉
萬事曾無入妙微
千里今宵亦一夢
月明秋樹夜紛飛

선방 뒷뜰에 올라
登禪房後園

양쪽 기슭 괴괴하여 번거로움 없고
풍광(風光)에 취하다 보니 때도 잊는다.
절 안에 미풍 일고 햇볕 찌는 듯한데
가을 향기 끝없이 옷에 감기네.
兩岸寥寥萬事稀
幽人自賞未輕歸
院裡微風日欲煮
秋香無數撲禪衣

9월 9일
重陽

설악산 백담사에 오늘은 구월 구일
온 나무 잎이 지고 내 병도 낫네.
구름이 흐르거니 누군 나그네 아니며
국화 이미 피었는데 나는 어떤 사람인가.
시냇물 말라 돌이 구슬 같고
하늘 높이 기러기 나는 곳 먼지와 멀어……
낮 되어 다시 방석 위 일어서니
첩첩한 천봉만학(千峰萬壑) 문으로 들어오네.

九月九日百潭寺

萬樹歸根病離身

閒雲不定孰非客

黃花已發我何人

溪磵水落晴有玉

鴻雁秋高逈無塵

午來更起蒲團上

千峰入戶碧嶙峋

들길을 걸으며
野行

쓸쓸히 말을 몰아 석양을 가면
강 둔덕 버드나무 노래진 잎새.
머리를 돌려도 고국 길 안 뵈고
만리라 가을 바람 고향 생각뿐!
匹馬蕭蕭渡夕陽
江堤楊柳變新黃
回頭不見關山路
萬里秋風憶故鄉

우연히 지나니 낡은 나루터
물에서는 잔 고기들 꼬리를 치고
구름은 서풍 좇아 밀려 가는데
해질녘 홀로 서서 가을을 본다.
尋趣偶過古渡頭
盈盈一水小魚游
汀雲已逐西風去
獨立斜陽見素秋

가을 밤에 빗소리를 듣고
秋夜聽雨有感

영웅도 신선도 아니 배운 채
국화와의 인연만 공연히 어겨……
등불 밑에 흰머리 무수한 이 밤
떠돌기 서른 핼세, 빗소리, 가을비 소리!
不學英雄不學仙
寒盟虛負黃花緣
靑燈華髮秋無數
蕭雨雨聲三十年

한강
漢江

한강에 와서 보니 강물은 길고
깊은 물결 말 없는데 가을빛 어려……
모르괘라, 들국화는 어디 폈는지.
때로 서풍 타고 향기 풍기네.
行到漢江江水長
深深無語見秋光
野菊不知何處在
西風時有暗傳香

피리 소리 흐르는데
漁笛

안개 낀 강에 돛배가 한 척!
갈대꽃 따라 피리 소리 흐르는데
단풍 든 그 너머 낙조(落照)는 지고
반평생의 지음(知音)은 백구가 알리.
가락 기막히니 둔세(遯世)의 꿈 어찌 견디랴.
곡조 끝나도 애끓는 시름 달래지 못해……
그 소리 바람인 듯 날려 내 가슴 치니
천지에 가득한 쓸쓸함 스러질 줄 몰라라.

孤帆風烟一竹秋

數聲暗逐荻花流

晚江落調隔紅樹

半世知音問白鷗

韻絶何堪遯世夢

曲終虛負斷腸愁

飄掩律呂撲人冷

滿地蕭蕭散不收

* 落調는 落照로 생각됨.

232

먼 생각
遠思

국화 핀 남녘과 북쪽 기러기
오늘은 앉아서 괜히 생각나……
눈 그치면 그 강산엔 달빛이 곱고
바람에 초목들은 쇠북인 양 울리.
국경 밖 천리 벌에 꿈은 달려도
하늘 끝 정자 속에 누운 몸이여!
야위고 추위 겪어 대와 같거니
내 마음 공명(功名)에야 원래 먼 것을.
南國黃花北地雁
居然今日但空情
雪後江山多月色
風前草木盡鐘聲
塞外夢飛千里野
天涯身臥一雲亭
歷瘦經寒人似竹
此心元不到功名

창가를 스치는 비바람
獨窓風雨

사천리 밖에서 홀로 애태우노니
가을 바람 불 적마다 흰머리 생겨……
낮잠을 놀라 깨니 사람 안 뵈고
뜰에 가득 비바람 몰아치며 가을의 소리!

四千里外獨傷情
日日秋風白髮生
驚罷晝眠人不見
滿庭風雨作秋聲

시 쓰는 버릇을 웃다
自笑詩癖

시(詩)로 해 야윔이 달긴 달아도
얼굴에 살 빠지고 입맛도 잃고.
세속을 떠난 양 자처도 하네만
이 또한 병이로세 내 청춘 삼킨.

詩瘦太酣反奪人
紅顏減肉口無珍
自說吾輩出世俗
可憐聲病失靑春

234

옛뜻
古意

어떤 승패가 헛되지 않으리요.
천금을 던져 찾으니 벼르던 산천.
호해(湖海)를 떠도는 몸은 위태롭기 머리칼 같은데
풍진(風塵)에 시달린 꿈 그 몇 생(生)을 거듭했다.
푸른 산 저 황토는 반이 사람의 뼈
물에 뜬 부평초는 이 세상 모습일레.
흥망에 관한 일은 책에서도 안 읽노니
동창에 달 밝은 이 밤 말없이 누었노라.

輸嬴萬事落空枰
虛擲千金尋舊盟
湖海蕩魂都一髮
風塵餘夢幾三生
靑山黃土半人骨
白水蒼萍共世情
對書不讀興亡句
無語東窓臥月明

산가의 새벽
山家曉日

일어나니 창 밖에는 눈이 날리어
온 산을 메웠구나 이 새벽녘.
마을 집 아늑하여 그림 같은데
샘솟는 시정(詩情)에는 병도 잊느니……
山窓睡起雪初下
況復千林欲曙時
漁家野戶皆圖畵
病裡尋詩情亦奇

눈꽃
內院庵有牧丹樹古枝受雪如花因唫

달빛 아니라도 눈은 고운 것
고목에 꽃이 벌어 향기 풍기네.
가지 위 차가운 저 정령(精靈)이야
길고 긴 내 시름관 무관한 고움!
雪艶無月雜山光
枯樹寒花收夜香
分明枝上冷精魄
不入人愁萬里長

236

문득 사이로 본 세월
備風雪閉內外戶窓黑痣看書戱作

추위를 막고자 문틈 바르니
낮인데도 방안엔 어둠이 깔려
책 펼쳐도 이(二)와 삼(三)이 구분 안 가기에
눈을 감고 어디가 남, 어디가 북인지를 생각도 했네.

風雪撲飛重閉戶
晝齋歷歷見宵光
對書不辨二三字
闔眼試思南北方

산가(山家)의 방문이 조화옹되어
여닫는 데 따라서 주야 바뀌네.
자기 집 명암도 애매하거니
우습네, 달력 지어 파는 그 사람!

山堂門戶化翁作
開闔便看晝夜新
自家不解明暗理
還笑人間賣曆人

홀로 앉아
獨坐

북풍 이리 심한 밤은
종이 울리자 일찍 문을 잠근다.
눈 소리에 귀 기울이면 등에서는 불꽃이 피고
붉은 종이로 오려 붙인 매화 무늬에선 향기 풍기느니.
석 자의 거문고에 학(鶴)을 곁들이고
한 칸의 달빛과 구름과 사는 나.
우연히 육조(六朝)일 생각나
말하고자 고개 돌려도 안 보이는 사람이여!

朔風吹斷侵長夜
隔樹鐘聲獨閉門
靑燈聞雪寒生火
紅帖剪梅香在文
三尺新琴伴以鶴
一間明月與之雲
偶然思得六朝事
欲說轉頭未見君

238

눈 오는 밤 그림을 보고
雪夜看畵有感

한밤중 눈바람은 그치지 않고
인정과 저무는 해(年) 어긋남 많네.
지금껏 가난과는 친근한 사이
늙어가며 술에는 또 속으며 사네.
매화에 추위 스미니 향기 쉬 스러지고
등불 사위는 밤 늙은이 꿈은 기약키 어려워……
저 그림 속 고기잡이 노인은 참 부럽군.
앉아서 봄철 물에 잔물결침 보느니!

風雪中宵不盡吹
人情歲色共參差
生來慣被黃金負
老去忍從白酒欺
寒透殘梅香易失
燈深華髮夢難期
畵裡漁翁眞可羨
坐看春水綠生漪

눈 그친 후에
雪後漫唫

숨어 산다고 자연에야 탐심 없으랴.
흐뭇한 경치 만나면 흥취 끝없네.
쏟아지던 눈 그치니 별유천지(別有天地)요.
온 산이 저물 때면 장한 마음도 일어……
지난해 사귄 고기잡이 나무꾼들 모두 꿈에 나타나고
겨울을 견딘 매화와 대나무 내 정을 끄네.
영웅이라 호걸이라 별것 있는가.
다시 듣노니 천하를 움직이는 봄의 속삭임!

幽人寂寂每縱觀
眼欲靑時意不輕
大雪初晴塵世遠
萬山欲暮壯心生
經歲漁樵皆入夢
忍冬梅竹亦關情
萬古英雄一評後
更聽四海動春聲

추운 적막
寒寂

요즘은 날이 추워 문을 닫고
산수(山水)를 제대로 찾지도 못한다.
눈바람 집을 메워 고요도 고요한데
봄술 들며 낙매(落梅)를 보는 듯 선미(禪味)에 취한다.

不善耐寒日閉戶
觀山聽水未能多
雪風埋屋人相寂
禪如春酒散梅花

요즘은 날로 추위 심해지는데
앞을 막는 것은 은산(銀山)과 철벽(鐵壁)!
하늘을 나는 학(鶴)도 아닌 몸
마음의 구름 못 헤쳐 안타깝다.

閑居日日覺深寒
坐中鐵壁復銀山
却恥吾身不似鶴
禪心未破空相看

의심이 씻은 듯 풀리다
悟道頌

남아가 가는 곳은 어디나 고향인 것을
그 몇 사람 객수(客愁) 속에 길이 갇혔나.
한 마디 버럭 질러 삼천세계(三千世界) 뒤흔드니
눈 속에 점점이 복사꽃 붉게 지네.

男兒到處是故鄉
幾人長在客愁中
一聲喝破三千界
雪裡桃花片片紅

(丁巳十二月三日夜十時頃坐禪中忽聞風打墜物聲疑情頓釋仍得一詩)

* 이 시는 한용운의 '오도송'으로 片片紅의 紅은 飛였으나 石顚의 조언으
  로 바꾸었다고 함.

피란 길
避亂途中滯雨有感

쌓인 세월, 한 해도 얼마 아니 남았는데
왜놈의 군대 소리 산골에도 울리네.
이 천지를 뒤집어 훔쳐 가려 하거니
먼 땅 비바람도 정이 가누나.

峥嶸歲色矮於人
海國兵聲接絶隣
顚倒湖山飛欲去
天涯風雨亦相親

옥중의 감회
獄中感懷

물처럼 맑은 심경 티끌 하나 없는 밤
철창으로 새로 돋는 달빛 고와라.
우락(憂樂)이 공이요 마음만이 있거니
석가도 원래는 예사 사람일 뿐.

一念但覺淨無塵
鐵窓明月自生新
憂樂本空唯心在
釋迦原來尋常人

출정 군인 아내의 한
征婦怨

이 가슴 메우는 시름 임의 탓이니
쓸쓸하기 가을 같지 않은 날 없네.
내 얼굴 야윔이야 별것 아니네만
행여 그이 백발이나 안 되셨는지.
어젯밤엔 강에 나가 연밥 따다가
흠뻑 눈물만 물에 보탰네.
구름에 기러기 없고 물도 급히 안 흐르니
물이라 구름이라 차라리 외면하고.
마음은 봄바람에 지는 꽃 같아
꿈에도 달을 따라 옥관(玉關)을 넘어가네.
두 손 모아 하늘에 비옵는 것은
우리 임 봄과 함께 돌아오는 일.
임은 안 오시고 봄은 이미 저무는데
짓궂은 비바람은 꽃가지 흔드누나.
내 시름의 크기를 정녕 안다면
강도 호수도 깊다 못 하네.
마음 층층마다 맺힌 이 시름
꽃도 달도 팔아서 무심(無心) 배우리.
妾本無愁郎有愁
年年無日不三秋
紅顔憔悴亦何傷
只恐阿郎又白頭

244

昨夜江南採蓮去
淚水一夜添江流
雲乎無雁水無魚
雲水水雲共不看
心如落花謝春風
夢隨飛月渡玉關
雙手慇懃敬天祝
郎與春色一馬還
阿郎不到春已暮
風雨無數打花林
妾愁不必問多少
春江夜湖不言深
一層有心一層愁
賣花賣月學無心

가을 느낌
秋懷

나라 위한 십년이 허사가 되고
겨우 한몸 옥중에 눕게 되었네.
기쁜 소식 안 오고 벌레 울음 요란한데
몇 오리 흰 머리칼 또 추풍(秋風)이 일어……

十年報國劍全空
只許一身在獄中
捷使不來虫語急
數莖白髮又秋風

눈 오는 밤
雪夜

감옥 그 둘레에 눈이 펑펑 내리는 밤
이불은 춥기도 춥고 꿈도 또한 차가와……
철창도 매어 놓지 못하는가
들려 오는 종소리!

四山圍獄雪如海
衾寒如鐵夢如灰
鐵窓猶有銷不得
夜聞鐘聲何處來

앵무새만도 못한 몸
一日與隣房通話爲看守窃聽雙手被輕縛二分間卽唸

농산의 앵무새는 말을 곧잘 하느니
그 새만도 훨씬 못한 이 몸 부끄러워라.
웅변은 은이요 침묵이 금일 바엔
이 금으로 자유의 꽃 몽땅 사고자.

隴山鸚鵡能言語
愧我不及彼鳥多
雄辯銀兮沈默金
此金買盡自由花

안중근 의사를 기림
安海州

만 석의 뜨거운 피 열 말의 담(膽)!
한 칼을 벼려 내니 서리가 날려
고요한 밤 갑자기 벼락이 치며
불꽃 튀는 그곳에 가을 하늘 높아라.

萬斛熱血十斗膽
淬盡一劍霜有韜
霹靂忽破夜寂寞
鐵花亂飛秋色高

매천 황현을 기림
黃梅泉

의(義)에 나아가 나라 위해 죽으니
만고에 그 절개 꽃피어 새로우리.
다하지 못한 한은 남기지 말라
그 충절 위로하는 사람 많으리니!
就義從容永報國
一暝萬古劫花新
莫留不盡泉臺恨
大慰苦忠自有人

맑은 새벽
淸曉

다락에 앉으니 뭇 생각 끊이는데
새벽달 따라 추위가 생겨나……
물을 끼얹은 듯 인기척 없는 곳
어렴풋한 시상 피리에 화답하느니!
高樓獨坐絶群情
庭樹寒從曉月生
一堂如水收人氣
詩思有無和笛聲

영호 화상
贈映湖和尙述未嘗見

고운 여인, 거문고 줄 둥둥 퉁기니
봉황새 춤을 추고 신선이 내려……
얕은 담장 그 너머 사람 안 뵈고
가을 날 창밖으로 아득한 생각!
玉女彈琴楊柳屋
鳳凰起舞下神仙
竹外短墻人不見
隔窓秋思杳如年

오세암에서 쓰는 편지
自京歸五歲庵贈朴漢永

한 하늘 한 달이건만 그대 어디 계신지
단풍에 묻힌 산속 나 홀로 돌아왔네.
밝은 달과 단풍을 잊기는 해도
마음만은 그대 따라 헤매는구나!
一天明月君何在
滿地丹楓我獨來
明月丹楓共相忘
唯有我心共徘徊

도반을 기리는 노래(1)
京城逢映湖錦峰兩伯同唫

짧은 머리 흩날리며 티끌 속 들어오니
인생의 덧없음이 날로 새삼 느껴져라.
눈 내린 천산만수 꿈에도 선하거니
머리 들어 육조 풍류(六朝風流) 얘기함도 우습고녀.
蕭蕭短髮入紅塵
感覺浮生日日新
雪後千山皆入夢
回頭漫說六朝人

시는 볼품 없어지고 취하면 교기(驕氣)만이 느는데
하룻밤 새에 영웅들 모두 초부(樵夫)가 되었다고.
두렵기는 그지없이 고운 이 강산
시인 없어 적료(寂寥) 속에 하마 묻힐까.
詩欲疎涼酒欲驕
英雄一夜盡樵蕘
只恐湖月無何處
一夢靑山入寂寥

도반을 기리는 노래(2)
與映湖乳雲兩伯夜唫

모이니 불우한 옛 벗들인데
조촐히 노니는 산중 밤도 깊었다.
말없이 타는 촛불 눈물도 식고
꿈같이 번지는 시수(詩愁) 먼 종소리.

落拓吾人皆古情
山房夜闌小遊淸
紅燭無言灰已冷
詩愁如夢隔鐘聲

무지갠 양 밤중에 흥취는 뻗어
붓 들어 시 이루면 누가 굽히리.
오직 삼춘(三春)은 하루와 같이
좋은 풍경 시켜서 손짓해 부르네.

中宵文氣通虹橋
筆下成詩猶敢驕
只許三春如一日
別區烟月復招招

도반을 기리는 노래(3)
釋王寺逢映湖乳雲兩和尙作

어수선한 반년이었네 나라 날로 기우는데
손 하나 못 쓰는 우리 모였으니 공연한 짓.
하룻밤 등불 밑에 만나 반갑고
천고의 흥망이야 아예 말을 말게.
좌선을 마치매 인기척 없고
외국에서 시(詩) 오니 기러기 소리.
게으른 몸 태평성세 좋음은 알아
부처님께 머리 조아려 상감의 복을 비네.

半歲蒼黃勢欲分
憐吾無用集如雲
一宵燈火喜相見
千古興亡不願聞
夜樓禪盡收人氣
異域詩來送雁群
疎慵惟識昇平好
禮拜金仙祝聖君

세상에서 귀한 것 지기(知己)이거니
한 마디 말도 간담을 이리 울림을!
영웅들 이야기로 긴 밤 새우고
문장을 논하노라니 맑은 바람 일어라.
기러기떼 꿈처럼 아득히 사라지고

외로운 등(燈) 물가 방에 시도 하마 붉으렷다.
풍경만 언제나 이리 좋다면
담소하며 우리 함께 늙음도 좋으리.

知己世爲天下功

片言直至肝膽中

漫說英雄消永夜

更論文句到淸風

征雁楓橋如夢遠

孤燈水屋感詩紅

幸敎烟月時時好

談笑同歸白髮翁

도반을 기리는 노래(4)
與映湖錦峰兩伯作(在宗務院)

지난날 일마다 소홀했노니
만겁인들 한바탕 꿈이 아니랴.
강남(江南)의 이른 봄빛 보려 안한 채
성동(城東)의 눈바람 속 누워 책을 읽느니.

昔年事事不勝疎

萬劫寥寥一夢餘

不見江南春色早

東城風雪臥看書

금봉 선사
與錦峰伯夜唔

시와 술 서로 만나 즐기니 천리 타향
쓸쓸한 이 한밤에 생가 아니 무궁하랴.
달 밝고 국화 벌어 애틋한 꿈 없었던들
가을철 옛 절이기로 어딘 고향 아니리.

詩酒相逢天一方

蕭蕭夜色思何長

黃花明月若無夢

古寺荒秋亦故鄕

옛 벗에게 주는 글
贈古友禪話

어여쁜 온갖 꽃을 모두 보았고
안개 속 꽃다운 풀 두루 누볐네.
그러나 매화만은 못 만났는데
눈바람 이러하니 어쩜 좋으랴.

看盡百花正可愛
縱橫芳草踏烟霞
一樹寒梅將不得
其如滿地風雪何

완호 학사와 헤어지며
別玩豪學士

떠도는 인생이기 이별은 있어
그대를 보내노니 국화 설운 빛!
텅 빈 역사(驛舍)와 슬픔만 남고
하늘가 가을 소리 몸에 스며라.

萍水蕭蕭不禁別
送君今日又黃花
依舊驛亭惆恨在
天涯秋聲自相多

선비의 죽음을 조상함
代萬化和尙挽林鄕長

이 세상 버리고 그대 가시니
남은 우리네만 슬퍼할밖에!
흰머리 뉘 막으리 눈물 짓고
어느덧 국화는 피어 애를 끊는 날.
설운 사연 외오매 까마귀 나무에 내리고
두고 간 산천 통곡은 끝이 없네.
뉘라서 지는 해야 붙든다 하랴
가을 비바람만 옷에 안기네.

君棄人間天上去
人間猶有自心傷
世情白髮不禁淚
歲事黃花正斷腸
哀詞落木寒鴉在
痛哭殘山剩水長
公道斜陽莫可追
秋風秋雨滿衣裳

구암사에서 본 풍경

龜巖寺與宋淸巖兄弟共唫

멀리 흘러온 산 가을 해 저무는데
얇은 놀인 듯 성긴 머리 슬프다.
앓기 전 새삼덩굴에 걸린 달 보았거니
좌선이 끝난 뒤에도 국화는 아니 벌어……
철 늦은 버들 누구 위해 가지 끝 안 드시는지.
한가한 저 구름도 나처럼 집이 없네.
동타(銅駝)와 가시나무 어느 것 꿈 아니리.
옛날의 영웅들 공연히 으쓱댔네.

遠客空山秋日斜

澹霞疎髮隔如紗

病前已見碧蘿月

禪後未開黃菊花

晚柳爲誰偏有緒

閒雲與我共無家

銅駝荊棘孰非夢

終古英雄漫自誇

지광 선사에게 답함
和智光伯(遺以詩文故答)

글과 글씨에선 향기 풍기고
한 폭의 그림인 양 내 간장 그려 냈네.
천산만수(千山萬水) 밖 홀로 살건만
친구는 내 마음 알아 주었네.

文佳筆絶卽生香
一幅畵寫九曲腸
獨在千山萬水外
故人只許寸心長

아사다 교수에게 답함
和淺田敎授(淺田斧山遺以參禪詩故以此答)

본성은 그대와 나 차이 없건만
참선에 열중도 못하는 몸은
도리어 미로에서 허덕이느니
언제나 산 속으로 들어갈는지.

天眞與我間無髮
自笑吾生不耐探
反入許多葛藤裡
春山何日到晴嵐

258

남형우에게 주는 시
贈南亨祐

가을빛 물든 산에 해가 지는데
홀로 서서 노래하면 천지에 울려……
몇 오리 흰 머리칼 세월은 물 같아도
만 포기 국화꽃은 서리 맞아 피는 것을.
먼 그곳 편지도 안 오는 날 벌레들 시끄럽고
고목(古木)은 무심해도 이끼 껴 향기롭네.
출가(出家)한 지도 어느덧 마흔 핸데
부끄러우이, 여전히 빈 선상(禪床) 지키는 몸!

秋山落日望蒼蒼
獨立高歌響八荒
白髮數莖東逝水
黃花萬本夜迎霜
遠書不至虫猶語
古木無心苔自香
四十年來出世事
慚愧依舊坐空床

계초 선생
謹賀啓礎先生晬辰

서녘에서 온 기운 기이도 하여
비와 구름 그 조화 때를 알아라.
큰 붓 잡으면 살활(殺活)이 자재(自在)인데
수재들은 또 얼마나 모인 것이랴.
용을 잡고 호랑이 치기쯤 마음대로요
학이나 갈매기와 벗할 날도 있으리.
'남산처럼 사소서' 축수하는 날
봄 삼월 이 기쁨 펴기 좋고녀.

西來一氣正堪奇
覆雨飜雲自有時
大筆如椽能殺活
英才似竹又參差
屠龍搏虎固任意
訪鶴問鷗亦可期
祝壽南山漢水上
陽春三月足新禧

* 계초는 조선일보 창건주 方應謨의 호.

영호 화상의 시에 부쳐
次映湖和尙

종소리 그치니 눈 쌓인 산들 새삼 고운데
향수와 시상(詩想) 앞다투어 일어나……
새해 들어 핀 매화 처음으로 꿈에 들어오고
그대가 보내 준 시는 바로 선(禪)이더군.
절 안에 향이 자욱하니 전생인 듯 생각되고
고요한 경안(經案) 머리 연꽃이 피려 하네.
이 속의 경치 함께 즐김직하나
그대의 인연 못 닿음 정말 섭섭하네.

鐘後千林雪後天

鄕情詩思自相先

侵歲梅花初入夢

故人書字卽爲禪

佛界香深如宿世

經案畫靜欲生蓮

此中有景可同賞

敬弔先生不及緣

매천의 시에 부쳐
留仙巖寺次梅泉韻

참으로 불만에 찬 반년이었기
천애(天涯)에 윤락(淪落)하여 산수 찾았네.
앓고 난 흰머리는 가을따라 성겨지리
난후(亂後)에 국화는 막 피려 하고……
겁(劫)을 강(講)하니 구름 스러진 뒤 물소리 듣고
경을 듣던 사람 돌아가자 선조(仙鳥)가 내려……
온통 천지가 풍진을 만난 이때
두보의 난중시(亂中詩)를 읊조리고 앉았것다.
半歲蕭蕭不滿心
天涯零落獨相尋
病餘華髮秋將薄
亂後黃花草復深
講劫雲空聞逝水
聽經人去下仙禽
乾坤正當風塵節
肯數西川杜甫唫

매화를 노래함
讀雅頌朱子用東坡韻賦梅花用其韻賦梅花

해가 지고 눈 내리는 강남의 외딴 마을
매화 나무에는 겹겹이 시혼(詩魂)이 핀다.
가지마다 변방의 피리 소리 들려 오고
하늘에는 가녀린 달 어슴푸레한 눈매!
이런 밤이면 고요히 향수는 일어
십년을 못 찾은 산천이 그립다.
모든 꽃 봄날에 피네만 영욕 많기에
추운 이 철을 차마 못 버린다.
어찌 비 속에 교태 지으며
아침 해 향해 곁눈질야 하랴.
아, 여기에 송죽을 벗삼아
조촐히 그 마음 지키며 사는 꽃.
매화를 두고 이러니 저러니 읊기야 쉬워도
정작 그 좋음이야 무엇이라 나타내랴.
매화여! 우리는 함께 염세가(厭世家)거니
그대 지기 전 술 한 잔 하세.

江南暮雪有孤村
玉樹層層降詩魂
枝枝散入塞外笛
纖月蒼凉不染昏
夜杳連娟歸夢寂
十年虛盟負故園

却恥春風多榮辱
千寒萬寒不事溫
嬌態不勝帶晚雨
新意那堪向朝暾
左有左松右有竹
一世相守不掩門
雖愛高名易成句
深看佳處還無言
君我俱是厭世者
芳年未闌共對尊

화엄사 산보
華嚴寺散步

옛절에 봄이 되니 조망이 좋아
잔잔한 강 먼 물에 잔 물결 인다.
머리 돌려 천리 밖 바라보노니
백설가(白雪歌)에 화답할 이 어찌 없으랴.
古寺逢春宜眺望
潺江遠水始生波
回首雲山千里外
奈無人和白雪歌

둘이 와 시내 위의 돌에 앉으니
소리내는 산골물 주름도 안 져……
양 기슭의 청산에 저녁 해 비칠 때
돌아가며 흥얼대니 저절로 노래 되네.
二人來坐溪上石
磵水有聲不見波
兩岸青山斜陽外
歸語無心自成歌

오세암
五歲庵

구름과 물 있으니 이웃할 만하고
보리(菩提)도 잊었거니 하물며 인(仁)일 것가.
저자 멀매 송차(松茶)로 약을 대신하고
산이 깊어 고기와 새 어쩌다가 사람을 구경해……
아무 일도 없음이 참다운 고요 아니오
첫 뜻을 어기지 않는 것 진정한 새로움이거니.
비 와도 끄떡없는 파초와만 같다면
난들 티끌 속 달려가기 꺼릴 것이 있겠는가.

有雲有水足相隣
□□□□*況復仁
市遠松茶堪煎藥
山窮魚鳥忽逢人
絶無一事還非靜
莫負初盟是爲新
倘若芭蕉雨後立
此身何厭走黃塵

* 네 결자가 있어서 앞뒤 문맥으로 보아 '忘却菩提'를 나름대로 보충하여
  번역했다.

266

증상사
增上寺

경쇠가 울려서야 단에서 내려
차를 딸아 들고 난간에 기대면
비는 겨우 개고 서늘한 바람 일어
발로 스미는 기운 수정(水晶) 같구나.

清磬一聲初下壇
更添新茗依欄干
舊雨纔晴輕涼動
空簾晝氣水晶寒

약사암 가는 길
藥師庵途中

십리도 반나절쯤 구경하며 갈만은 하니
구름 속 길이 이리 그윽할 줄야!
시내 따라 가노라니 물도 다한 곳.
꽃 없는데도 숲에서 풍겨오는 아, 산의 향기여!

十里猶堪半日行
白雲有路何幽長
緣溪轉入水窮處
深樹無花山自香

양진암의 봄
養眞庵餞春

저녁 비, 종소리에 봄을 또 보내느니
흰머리 다시 늘어 가슴 아파라.
한 많고 일 많은 이 몸으로야
나머지 꽃 주인 노릇 어찌 해내리.

暮雨寒鐘伴送春
不堪蒼髮又生新
吾生多恨亦多事
肯將殘花作主人

향로암 야경
香爐庵夜唫

남국에도 시절 일러 국화 안 벌고
꿈이런 듯 먼 강호(江湖) 눈에 삼삼해……
기러기 나는 산속 사람은 갇혔는데
끝없는 가을 숲에 달이 돋는다.

南國黃花早未開
江湖薄夢入樓臺
雁影山河人似楚
無邊秋樹月初來

268

쌍계루
雙溪樓

이 다락 속기(俗氣) 없어 고승 같으니
이루련들 인력으론 될 바 아니네.
학은 아직 안 날아도 향 이미 풍겨 오고
내 이제 나그네 되니 가을이 먼저 깊어가……
빗방울인 양 벼랑에 매달린 풍림(楓林) 위태로운데
나무에 걸린 구름 없으매 산골 물 맑네.
나라 안에 형제들 나도 많거니
이 다음 모두 함께 올 작정일세.

一樓絶俗似高僧
欲致定非力以能
鶴未歸天香已下
人今爲客秋先增
懸崖如雨楓林急
穿樹無雲澗水澄
海內弟兄吾亦有
大期他日盡歡登

향적봉 풍경
次映湖和尙香積韻

숲은 썰렁한데 밝은 달빛이
구름과 눈 비추니 완연한 바다.
그 많은 구슬은 다 거둘 수 없어
조화인 줄 모르고 그림인가고.

萬木森凉孤月明

碧雲層雪夜生溟

十萬珠玉收不得

不知是鬼是丹靑

고향 생각
思鄕

한 해가 또 가려는데 밤은 길어서
잠 못 들고 그 몇 번을 새삼 놀랐나.
구름 걸린 희미한 달 꿈은 외로와
창주(滄洲) 아닌 고향으로 마음 달리네.

歲暮寒窓方夜永

低頭不寐幾驚魂

抹雲淡月成孤夢

不向滄洲向故園

270

비오는 날의 고향 생각
思夜聽雨

동경(東京)은 팔월인데 편지 안 오고
아득히 달리는 생각 걷잡지 못해……
외로운 등불 빗소리 차가운 밤
내가 앓아 누웠던 그때만 같네.
東京八月雁書遲
秋思杳茫無處期
孤燈小雨雨聲冷
太似往年臥病時

고향을 생각하는 괴로움
思鄕苦

심지를 안 따도 등잔불 타는 밤
온몸은 자지러지고 넋 또한 나가……
꿈꾸니 매화가 학 되어 나타나
옷자락 당기면서 고향 소식 얘기하네.
寒燈未剔紅連結
百髓低低未見魂
梅花入夢化新鶴
引把衣裳說故園

닛코로 가는 길
日光道中

아녀자들 다투어 이르는 말이
이 길 가면 별유천지 있느니라고.
물 따라 걸으며 살펴볼수록
우리 고국 산천 많이 닮았네.

試聞兒女爭相傳
報道此中別有天
逐水漸看兩岸去
杳然洽似舊山川

닛코의 호수
日光南湖

신타산(神陀山) 그 속에 호수 있어서
산빛과 물빛이 겹쳐 맴돌아……
몇 개의 피리 소리 십여 척의 배
일제히 노래하며 석양 이고 돌아오네.

神陀山中湖水開
山光水色共徘徊
十數小船一兩笛
夕陽唱倒漁歌來

272

미야지마의 배 안에서
宮島舟中

먼 이역 외로움은 그대로 시름!
배에 찬 봄의 정은 걷잡지 못해……
모두가 부슬비 오는 도원(桃源)만 같아
꿈인 양 꽃 지는 날 영주(瀛洲)를 지나가다.
天涯孤興化爲愁
滿艇春心自不收
洽似桃源烟雨裡
落花餘夢過瀛洲

시모노세키의 배 안에서
馬關舟中

저녁 빛 깔린 바다 바람이 몰아치니
물결은 다투어 치솟고 낙일(落日)의 장한 모습!
부슬비 내리는 속 먼 나그네
한 병의 봄술 차고 하늘가 이르르다.
長風吹盡侵輕夕
萬水爭飛落日圓
遠客孤舟烟雨裡
一壺春酒到天邊

병든 몸

病唫

병이 깊이 드니 일은 모두 낭패인데
창 밖의 눈바람은 왜 그리도 날뛰는지.
마음은 앓기 전과 다름없거니
거울 속 희어진 머리 차마 고쳐 못 볼레!

頑病侵尋卽事黃
窓前風雪太顚狂
浩思蕩情何歷歷
不耐鏡中鬢髮蒼

몸은 버들 같고 병은 말인 양 하여
이 몸에 매인 병은 풀릴 줄 몰라……
대수롭지 않게 마음엔 생각해도
비바람 이리 치는 밤이야 차마 어찌 잠들리.

身如弱柳病如馬
上下相繫正爾何
縱使我心無復苦
孤燈風雨忍虛過

274

회갑날의 즉흥

周甲日卽興 (一九三九. 七. 十二日 於淸凉寺)

바쁘게도 지나간 예순 한 해가

이 세상에선 소겁(小劫)같이 긴 생애라고.

세월이 흰 머리를 짧게 했건만

풍상(風霜)도 일편단심 어쩌지 못해……

가난을 달게 여기니 범골(凡骨)도 바뀐 듯

병을 버려 두매 좋은 방문(方文) 누가 알리.

물 같은 내 여생을 그대여 묻지 말게.

숲에 가득 매미 소리 사양(斜陽) 향해 가는 몸을!

忽忽六十一年光

云是人間小劫桑

歲月縱令白髮短

風霜無奈丹心長

聽貧已覺換凡骨

任病誰知得妙方

流水餘生君莫問

蟬聲萬樹趁斜陽

신문이 폐간되다
新聞廢刊

붓이 꺾이어 모든 일 끝나니
이제는 재갈 물린 사람들 뿔뿔이 흩어지고,
아, 쓸쓸키도 쓸쓸한 망국의 서울의 가을날.
한강의 물도 흐느끼느니 울음 삼켜 흐느끼며
연지(硯池)를 외면한 채 바다 향해 흐르느니!
筆絶墨飛白日休
銜枚人散古城秋
漢江之水亦鳴咽
不入硯池向海流

萬海詩를 위한 전야제

萬海詩를 위한 전야제

尹在根(한양대 교수)

20세기 들어 우리말로 만들어진 수많은 시집 중에서 고전으로 남을 수 있는 시집은 어떤 것일까? 이에 대하여 만해의 시집 《님의 침묵》이 한국 시문학의 고전으로 맨 앞자리에 선다고 확신한다. 이러한 확신 때문에 나는 《님의 침묵》을 탐구하고 천착하기 시작했다. 그 결과 《萬海詩와 主題的 詩論》과 《만해시 님의 침묵 연구》를 세상에 내놓을 수 있었다. 이에 앞서 두 권의 서문에서 피력했던 머리말의 일부를 짚고 갔으면 한다.

시인은 궁극적으로 '만드는 사람'이라는 명제에서 출발하여 만해시를 접하려는 것이 《만해시와 주제적 시론》의 기본적인 시도이다. 본서는 6장으로 짜여져 있다. 홀수의 장은 모두 만해시를 접하려는 논지를 제시하려는 詩論에 해당하게 되어 있고 짝수의 장은 만해시 그 자체를 응용적으로 접하게 처리되어 있다. 그러므로 만해시가 어떻게 말하고 있는가를 해명하기 위하여 주제적으로 논지를 설정하여 그 논지에 따라서 만해시를 접해 보는 기회를 택한 셈이다. 그렇다고 이론적 논지가 만해시를 도식화하는 것이 아니라 만해시에서 그러한 논지가 왜 가능한 시론이 될 수 있는가를 해명하려고 시도하는 방향을 《만해시와 주제적 시론》은 택하게 되어 있다.(《만해시와 주제적 시론》서문 중에서, 1983. 8. 文學世界社)

우리에게 만해시가 현대시로서 고전이 되는 것은 무엇보다도 그 서정주의에 있다고 본다. 88편의 시들이 서정의 말씀을 단편적으로 하고 있는 것이 아니라 서로의 필연적인 관계를 갖추어 극적 구성을 이루고 있음을 밝히려고 하는 것이 《만해시 님의 침묵 연구》의 기본적인 내용이다. 동시에 만해시의 말씀이 새로운 서정성을 어떻게 이룩했는지를 밝히려고 했다.(《만해시 님의 침묵 연구》서문 중에서, 1984. 11. 民族文化社)

만해의 시집 《님의 침묵》으로부터 시론의 주제를 탐색한 결과 《만해시와 주제적 시론》을 출간할 수 있었고, 한국적인 미적 세계의 근본은 확고한 서정성으로 구축돼 있다는 사실을 분명히 하기 위하여 《만해시 님의 침묵 연구》를 썼다. 이러한 탐구와 탐색을 거치는 과정에서 또한 인간 만해가 창조적 실존으로서의 주체적 자유인임을 시문학 차원에서 확인할 수 있었다.

인간 만해를 연구하자면 주로 세 방향에서 출발할 수 있다고 본다. 禪師 만해, 志士 만해, 詩人 만해. 물론 이 세 방향을 완전히 고립시켜 분리할 수는 없겠지만 각각 무게 중심을

달리해 인간 만해를 탐구하고 그 성취를 각각 해석할 수 있
다는 것이다.

각각의 방향에서 인간 만해를 해석한다 하더라도 어느쪽
에서든 실존적 자유인으로서의 만해가 우뚝함을 확인할 수
있다. 여기서 자유인이란 새로운 가치를 창출하여 실현하게
하는 自己面目의 당사자임을 뜻한다. 선사 만해는 〈佛敎維新
論〉으로 자유인이고, 지사 만해는 〈朝鮮獨立의 書〉로 자유인
이며, 시인 만해는 《님의 침묵》으로 자유인이다. 이러한 관점
을 바탕으로 만해시 《님의 침묵》의 연작 서정시 88편을 미적
존재로 해석할 수 있었다.

그러나 만해시에 관한 연구를 하는 동안 줄곧 나의 뇌리에
서 떠나지 않았던 비밀이 하나 있었다. 그것은 만해가 10여
개월의 압축된 기간 동안 서정시 88편의 연작으로 님을 향한
창조력을 폭발시킬 수밖에 없었던 까닭이었다. 하지만 그런
까닭은 하나의 신비로 남아도 된다는 생각이 들어 연구서는
지나쳐 갔었다. 그러나 素月詩를 읽을 때는 김소월을 모르고
읽어도 되지만 만해시를 읽을 때라면 시인을 알고 읽을수록
만해시를 통한 미적 체험이 강렬해질 수 있다는 결론을 터득
했었다.

시인으로서 자유인의 실존은 자기의 창조력을 발휘함으로
써 그 절정에 달한다. 이에 이 글에서는 다음과 같은 논지에
초점을 두려고 한다. 왜 시인 만해는 짧은 기간 동안 단번에
《님의 침묵》으로써 한국적 서정성을 새로운 미적 가치로 상
승시킬 수 있는 자기면목의 당사자(자유인)가 되어야만 했을
까? 이를 위해 이 글에서는 자기가 대면한 당시대를 만해가

겪어야 했던 心證的 상황을 고려하면서 만해의 시세계를 접
근해 보려는 것이다.

《님의 침묵》에 있는 88편의 시는 모두 서정시로서 미적 체
험을 창출하게 하는 존재들이다. 시인 만해는 88편의 서정시
외에 이미 앞서 수많은 漢詩와 禪詩 그리고 時調를 남겼으며
그 이후에도 여러 지면에 산발적으로 新詩를 발표했다. 그렇
지만 시집 《님의 침묵》 88편의 서정시가 없었더라면 시인 만
해는 한국 시문학 세계에 고전을 남긴 당사자가 될 수는 없
었을 것이다. 다만 《님의 침묵》을 좀더 잘 읽어내기 위해서
는 만해시의 주변을 천착해 둘 필요가 있을 것이다.

謹賀啓礎先生晬辰

西來一氣正堪奇
覆雨飜雲自有時
大筆如椽能殺活
英才似竹又參差
屠龍搏虎固任意
訪鶴問鷗亦可期
祝壽南山漢水上
陽春三月足新禧

위의 한시는 한 구가 칠언으로 되어 있지만 한시 작법에
따라 彫琢했다기보다 자유롭게 啓礎 方應謨 조선일보 사장의
생신에 부치는 깊은 情誼를 나태내고 있는 일상적인 祝詩에

속한다. 만해가 남긴 한시는 163수 정도가 정리되어 있다. 그러나 만해가 일상적으로 활용했을 한시는 수없이 많았을 터이다. 이럴 때 한시는 만해에게 예술 차원의 시라기보다 文士의 일상적 생활이나 정서 표현의 관습으로 보아도 될 것이다.

만해의 한시를 일별해 보면 만해가 유일의 감성으로써 한시의 詩想과 詩象(poetic image)을 축조하기 위하여 창의를 드러내는 쪽보다 오히려 한시에서 답습되고 있던 낯익은 詩想들이 주류를 이루는 동시에 흔한 詩象들이 對를 이루면서 詩話를 이룬다고 볼 수 있다. 위의 한시에서도 覆雨飜雲, 大筆如椽, 屠龍搏虎, 祝壽南山 등등은 한시에 자주 등장하는 낯익은 어구들이다. 그렇다고 이러한 用事가 만해의 한시에서 흠이 된다는 것은 아니다. 그 당시만 해도 이러한 현상은 조선시대의 연장 상태였으므로 한시를 생활화했던 문사들 사이에서는 아주 자연스러운 모습이었던 까닭이다.

丁巳十二月三日夜十時頃坐禪中忽聞風打墜物聲疑情
頓釋仍得一詩

男兒到處是故鄉
幾人長在客愁中
一聲喝破三千界
雪裡桃花片片紅

詩題가 무척 긴 이 한시는 우리에게 만해에 관한 매우 중요한 사실을 알려주고 있다. 선사의 길로 접어든 다음 십년

만인 1917년(丁巳) 12월 3일 밤에 선사로서 만해가 깨침(頓悟)을 하게 됐음을 위의 한시가 증명해 주고 있기 때문이다. 만해는 1907년 4월 乾鳳寺에서 首先安居를 성취한 것으로 알려져 있다. 만해는 마음(故鄕)에 붙어 있는 疑情(客愁)을 바람에 떨어지는 어떤 물건 소리를 듣고 단박에 깨친 것을 一聲喝破로 토로하고 그 돈오의 경지를 雪裡桃花로 형상화하고 있다.

만해의 설리도화는 〈불교유신론〉으로 피어나 승려 한용운을 우뚝한 선사로 할(喝)하게 했으며, 〈조선독립의 서〉로 피어나 우뚝한 지사로 포효하게 했고, 《님의 침묵》이란 시집으로 피어나 우뚝한 시인으로 살아 있게 했다. 선사 만해가 돈오한 자기면목을 눈속(雪裡)의 복사꽃(桃花)으로 표현한 것이 묘한 맛을 느끼게 한다. 雪裡桃花란 선비의 이미지와 낯익은 것이 아닌 까닭이다. 눈속의 붉은 복사꽃이야말로 얼마나 혁명적인가? 만해의 감성과 사고 그리고 행동은 모든 면에 걸쳐 혁명적이었다. 그러한 만해의 혁명성을 '자유·평화'를 융합하는 유신의 설리도화로 이해하여도 무방할 것이며, 시인으로서 만해가 남긴 《님의 침묵》 역시 우리의 서정성에 절세의 향기를 불어넣은 유신의 설리도화인 셈이다. 그러나 그 혁명적인 서정석 향기를 맡기 위해서는 《님의 침묵》으로 들어가기 전에 만해의 시조를 또한 체험해 둘 필요가 있다.

禪境

까마귀 검다 말고 해오라기 희다 말라.

검은들 모자라며 희다고 남을소냐.
일없는 사람들은 옳다 그르다 하더라.

溪漁

세상일 잊은 양하고 낚시 드리운 저 漁翁아.
그대에게도 무슨 근심 있어 턱을 괴고 한숨짓노.
滄波에 白髮이 비치기로 그를 슬퍼하노라.

　만해가 남긴 시조를 얼핏 보면 그 표현들이 조선조의 상투
성을 많이 닮고 있다는 인상을 받는다. 그러나 표현하고 있
는 詩象들이 동일하다고 해서 詩想마저 동질적인 것은 결코
아니다. 〈禪境〉과 〈溪漁〉 같은 만해의 시조를 읽고 조선조의
선비정신을 떠올린다면 만해의 시조를 겉읽고만 셈이다. 왜
냐하면 이 시조들은 조선조의 시조가 즐겨 썼던 詩象들을 빌
려 是非分別을 일삼는 선비정신을 뒤집어 놓고 있기 때문이
다. 차별을 넘어선 경지를 일러 無相이요, 無住요, 無碍라고
하지 않는가. 그런 禪味를 만해는 〈禪境〉과 〈溪漁〉란 시조로
참으로 쉽게 체험하도록 하는 것이다. 낡은 것을 새롭게 빨
아내는 것이야말로 창조의 솜씨일 것이며 그런 솜씨야말로
유신이며 유신이야말로 적극적인 혁명정신이다.

　　李舜臣 사공삼고 乙支文德 마부삼아
　　破邪劍 높이 들고 南船北馬하여 볼까.
　　아마도 님 찾는 길은 그뿐인가 하노라.

앞의 시조는 32편 중에 無題로 되어 있는 13편 중 첫째의 것이다. 만해의 독립정신이 절로 드러나 있는 시조이다. 이순신과 을지문덕이 독립정신을 절실히 체험하게 하는 詩象이 되고, 파사검은 그 정신을 행동으로 실현하게 하는 詩象이 되며, 님은 독립정신을 형상화하는 중심적인 詩象으로 드러나고 있다. 그러므로 이 시조는 《님의 침묵》에 등장하고 있는 님을 체험할 수 있게 하는 지향성을 암시해 주고 있는 셈이다.

無窮花를 심고자

달아 달아 밝은 달아 내 나라에 비춘 달아
쇠창을 넘어 와서 나의 마음 비춘 달아
桂樹나무 베어내고 無窮花를 심고자.

만해는 옥중에서 〈無窮花를 심고자〉와 같은 시제로 시조 세 편을 남기고 있다. 이는 만해의 독립정신이 그대로 드러난 시조에 속한다. 무궁화를 심어야 한다는 정신은 3·1독립선언서의 자구를 수정하고 公約三章을 첨가한 사실에서 행동으로 드러나기 시작한다. 만해의 독립정신은 서구적 이념(ideology)으로 볼 것이 아니다. 왜냐하면 만해의 독립정신이야말로 행복한 생존 즉 자유와 평화의 삶을 실현해야 한다는 보살행으로 통하고 있기 때문이다.

自由는 萬有의 生命이요 平和는 人生의 幸福이라. 故로 自由

가 無한 人은 死骸와 同하고 平和가 無한 者는 最苦痛의 者라. 壓迫을 被하는 者의 周圍의 空氣는 墳墓로 化하고 爭奪을 亨하는 者의 境涯는 地獄이 되느니 宇宙의 理想的 最幸福의 實在는 自由와 平和라……

何民族을 莫論하고 文明程度의 差異는 有할지나 血性이 無한 民族은 無하니 血性을 具한 民族이 어찌 永久히 人의 奴隸를 甘作하여 獨立自存을 圖치 아니하리오. 故로 軍國主義 卽 侵奪的 主義는 人類의 幸福을 犧牲하는 最魔術일 뿐이니 어찌 是와 如한 軍國主義가 天壤無窮의 運命을 保하리오. 理論보다 事實이 그러하도다. 嗚呼라 劍이 어찌 萬能이며 力이 어찌 勝利리요. 正義가 有하고 人道가 有하도다.(〈朝鮮獨立의 書〉, 槪論 參照)

만해가 시조로써 표현했던 독립정신이 장엄한 문장으로 여실하게 진술되고 있다. 만해가 밝힌 독립정신은 여기서 독립자존으로 극명하게 해명되고 있다. 독립자존은 바로 禪家의 '自性自度·自己面目·眞性自用'이 얻는 究竟이겠지만 선사 만해에게는 한민족의 혈성(正體性)을 자존케 하는 독립주의(민족주의)와 합치되었던 셈이다.

그러므로 우리는 만해가 펼친 독립정신 즉 독립주의는 자아의 독립자존, 민족의 독립자존, 중생의 독립자존으로 향상되는 대승적 보살행임을 알 수 있다. 만해는 선사로서 이러한 보살행을 실천할 장으로서 월간지 《惟心》을 창간해야 했고, 《惟心》을 통하여 일제의 군국주의로부터 벗어나기 위한 한민족의 독립운동 정신을 현실적으로 심기 시작했다. 말하

자면 선사 만해는 1917년에 頓悟하고 1918년에 山中을 벗어
나 市中으로 뛰어들어 한민족 독립정신을 운동으로 이끌어
갈 지사의 길로 접어들었던 셈이다. 참으로 설리도화는 선사
의 흉중에서만 피어 있을 수 없었던 게다. 한민족의 혈성 즉
우리의 정체성 안에 피어 나야 했었던 것이다.

이제 《님의 침묵》에 앞서 왜 만해가 남긴 시조와 한시를
살펴보아야 하는지를 이해할 수 있을 것이다. 즉 그 이유는
만해의 독립정신이 독립운동으로 상승됐던 사실을 만해의
시조와 한시가 분명하게 증험해 주는 까닭이다. 그러나 만해
는 자신의 독립정신과 운동을 구체화시키려 했던 3·1운동을
거친 다음 설악산 심심 산중으로 갑자기 되돌아가 《님의 침
묵》을 한순간에 폭발적으로 창조하였다는 점을 주목할 필요
가 있다. 왜 지사 만해는 시중을 떠나 다시 산중으로 들어가
고 선사로 되돌아가 절세의 시인이 되어야 했었는지를 천착
해 둘 필요가 있는 것이다.

　　1918년(40세)

　　▲ 9월 서울 계동 43번지에서 월간지 《惟心》을 창간하여 발행
겸 편집인이 되다.(12월까지 3권을 발행하고 중단됨) 동지 창간호에
논설 〈朝鮮靑年과 敎養〉〈前路를 擇하여 進하라〉〈苦痛과 快樂〉
〈苦學生〉을 비롯하여 新體詩를 탈피한 新詩 〈心〉을 발표하다.(일
반적으로 신시의 선구를 주요한의 〈불놀이〉로 보지만 만해의 이 〈心〉
은 그보다 1년 앞서서 발표됨) 이때부터 더욱 문학 창작에 힘을 기
울이다.

　　▲ 10월 〈魔는 自造物이다〉를 《惟心》에 발표하다. 12월 〈自我

를 解脫하라〉〈遷延의 害〉〈毁譽〉〈無用의 勞心〉 수필 〈前家의
梧桐〉을 《惟心》에 발표하다.

▲ 中央學林 講師에 취임하다.

1919년(41세)

▲ 1월 윌슨의 민족자결주의 제창과 관련하여 崔麟·玄相允
등과 조선독립을 숙의하다. 3·1운동의 주동자로서 손병희를 포
섭하고 최남선이 작성한 〈獨立宣言書〉의 자구 수정을 전달하고
공약삼장을 첨가하다.

▲ 3월 1일 서울 明月館支店(현 기독교 기념사업관)에서 33인을
대표하여 독립선언 연설을 하고, 투옥될 때에 변호사·사식·보
석을 거부할 것을 결의하다. 거사 후에 日警에 체포되다.

▲ 7월 10일 서대문 형무소에서 일본 검사의 심문에 대한 답
변으로서 〈朝鮮獨立의 書〉를 기초하여 제출하다.

▲ 8월 9일 京城地方法院 第一刑事部에서 유죄판결을 받다.

▲ 11월 4일 상해 임시정부에서 발행하는 《독립신문》에 〈朝鮮獨
立의 書〉가 〈조선독립에 대한 感想〉이라는 제목으로 발표되다.

1920년(42세)

▲ 투옥중 일제가 3·1운동을 회개하는 참회서를 써내면 사죄
한다고 회유했으나 이를 거부하다.

1921년(43세)

▲ 3월 15일 《精選講義 菜根譚》이 東洋書院에서 재판되다.
1922년(44세)

▲ 3년의 옥고를 치르고 출옥하다.

▲ 3월 24일 法寶會를 발기하다.

▲ 5월 朝鮮佛敎靑年會 주최로 基督敎靑年會館에서 '鐵窓哲學'이라는 연제로 강연을 하다.

▲ 9월 獄中詩 〈無窮花를 심고자〉를 《開闢》에 발표하다.

▲ 10월 朝鮮學生會 주최로 天道敎會館에서 '六波羅蜜'이라는 연제로 독립사상에 대한 강연을 하다.

1923년(45세)

▲ 1월 〈朝鮮及朝鮮人의 煩悶〉을 東亞日報에 발표하다.

▲ 2월 朝鮮物産奬勵運動을 적극 지원하다.

▲ 4월 民立大學 設立 운동을 지원하는 강연에서 '自助'라는 연제로 청중을 감동시키다.

1924년(46세)

▲ 10월 24일 장편소설 〈죽음〉을 탈고하다(未發表).

▲ 朝鮮佛敎靑年會 총재에 취임하다.

▲ 이때를 전후하여 민중계몽과 불교대중화를 위해 일간신문의 발행을 구상했으며, 마침 時代日報가 운영난에 빠지자 이를 인수하려 했으나 뜻을 이루지 못하다.

1925년(47세)

▲ 6월 7일 五歲庵에서 《十玄談註解》를 탈고하다.

▲ 8월 29일 百潭寺에서 《님의 침묵》을 탈고하다.

1926년(48세)

▲ 5월 15일 《十玄談註解》를 法寶會에서 발행하다.

▲ 5월 20일 시집 《님의 침묵》을 匯東書館에서 발행하다.

▲ 12월에 〈가갸날에 대하여〉를 東亞日報에 발표하다.

(《한용운전집》 6권 386~387면 참조)

이상은 崔凡述 編 〈만해의 연보〉를 인용한 것이다. 인용
이 너무 길었지만 《님의 침묵》을 해석하려고 할 때나, 읽고
체험하려고 할 때 반드시 섭렵해 두어야 할 것이 만해의 연
보 자료이다. 특히 위에 인용된 연보를 살펴보면 시집 《님의
침묵》이 아주 짧은 기간 동안에 집중적으로 시 88편이 일시
에 창작되었다는 사실을 확인하게 되어 새삼 만해의 시적 창
조력 앞에 외경스럽게 될 것이다. 이와 함께 《十玄談註解》를
집필했다는 사실을 의미깊게 새겨 볼 수 있다.

이 글에서 《님의 침묵》에 있는 시 몇 편을 선택해 비평하
거나 해석하려는 쪽보다 암담하고 궁핍한 시대를 당한 민족
을 향하여 님을 노래해야 했던 만해의 詩精神을 헤아려 보고
싶은 까닭이 어느 정도 이해되었을 것으로 생각한다. 이미
만해의 시문학에 관한 비평과 해석은 다양하게 제기되어 왔
다. 그러나 왜 선사 만해가 다시 산중으로 들어가 시인으로
거듭나야 했던지에 대한 논의는 비교적 부족한 상태로 남아
있는 형편이다.

이 글 앞에서 이미 자기가 대면한 당시대를 만해가 극복해
야 했던 심증적 상황을 고려하면서 만해의 시세계를 접근해
야 만해시를 더욱 잘 읽게 된다는 논지를 밝혔다. 바로 이러

한 심증적 상황들이 1917년에 만해가 선사로서 돈오한 다음 1918년에서 1926년 사이 8년 동안 만해가 펼친 생애가 만해로 하여금 시집 《님의 침묵》을 창작하지 않으면 안 될 절박한 위기상황을 감지하게 하는 것이다. 말하자면 만해로 하여금 왜 眞性自用의 斷崖 위에 다시 서야 했었는지를 짚어낼 수 있는 여러 징후들을 檢診하게 하는 것이다.

1918~1926년 사이의 연보를 살펴보면 1918년부터 1924년까지 선사로서 돈오한 정신을 한민족 독립정신을 결행하는 행동을 실천함으로써 만해는 지사로서 한 점 부끄러움 없는 자기면목을 드러냈다. 그리고 《한용운전집》 6권에 수록된 金觀鎬 編〈萬海가 남긴 逸話〉를 탐독해 보면 인간 선사로서의 자기면목보다 인간 지사로서의 자기면목이 더욱 적나라하게 드러나고 있다. 이러한 만해의 일화와 저간의 연보를 연관시켜 본다면 3·1운동을 통하여 만해가 독립자존의 실현보다 오히려 독립자존을 상실할 수도 있다는 위기를 의식하게 되었다는 여러 징후들을 읽어낼 수 있는 것이다. 이러한 징후들이 만해시 읽기를 의미깊게 하는 것이다.

일제의 군국주의에 대한 한치의 양보 없는 투쟁과 저항은 만해가 선사로서 돈오한 진성자용의 실천(보살행)으로 볼 수 있다. 그러나 3·1운동을 함께 했던 농료들이 일제의 회유 앞에 굴복당해 나약한 인간군상으로 추락해야 했던 현실은 인간 만해에게 엄청난 고통이었음을 여러 일화들이 보여준다. 3·1운동을 주도했던 만해에게 이러한 징후들은 배신의 고뇌로 이어졌다는 심증을 갖게 하는 것이다.

3·1운동이 민중에게 독립자존의 정신을 불지르기도 했지

만 반면 3·1운동을 통하여 친일 양상이 지식층에 만연되어 간다는 사실 앞에 만해는 누구보다도 독립자존의 위기감을 의식하고 있었기 때문에 선사 만해는 더욱더 투철하고 극명한 진성자용을 확연히 해두어야 했다는 심증을 1925년의 연보가 확연하게 설득해 준다. 다시 '▲ 6월 7일 五歲庵에서 《十玄談註解》를 탈고하다. ▲ 8월 29일 百潭寺에서 《님의 침묵》을 탈고하다'는 연보를 주목해 보면 만해는 선사로서 진성자용의 정진을 다그쳤음을 알 수 있을 것이다. 왜냐하면 돈오했던 오세암으로 다시 되돌아온 만해가 김시습이 주해한 《十玄談》을 읽으면서 다음과 같이 심회를 드러내 주고 있기 때문이다.

매월이 지켰던 지조(梅月之有所守)는 세상과 맞아들지 않아(而世不相容) 홀로 떨어져 은둔해(落拓雲林) 때로는 원숭이 같고 학과 같이 하기도 했지만(爲猿爲鶴) 끝내 당시대에 굴하지 않고(終不屈於當世) 스스로 영원히 자기를 깨끗이 했으니(自潔於天下萬世) 그 뜻은 괴로웠고 그 정은 아팠다(其志苦其情悲矣). 또한(且) 매월이 오세암에서 십현담을 주했으니(梅月註十玄談于五歲) 나 또한 오세암에서 읽은 것은 열경(매월)이 풀이해 놓은 십현담이다(而余之讀悅卿註者于五歲也). 사람들을 접한 지 수백 년이 지난 뒤에도(接人於數百年之後) 그 느끼는 바는 오히려 새롭다(而所感尙新). 이에 십현담을 주해한다(乃註十玄談).

왜 만해가 새삼 매월당을 흠모해야 했는지를 깊이 새겨 두게 한다. 지조을 지키며 더러운 세상과 흥정하지 않았던 매월당이 《十玄談》으로 禪味를 다그쳤듯이 만해 역시 《十玄談》에 批註를 더해 선미에 다시금 젖어들면서 동시에 한민족의 혈성을 확연하게 해두어야 할 자기면목을 대면해야 했던 것이다. 여기서 우리는 선가에서 各自除疑로 통하게 하는 진성자용의 경지로 돌아와야 할 것이다.

> 일체 지혜란 것이(一切般若智) 모두 다 제 성품에서 나올 뿐 (皆從自性而生) 밖에서 들어오는 것이 아니므로(不從外入) 뜻을 그르쳐 쓰지 않으면(莫錯用意) 이를 일컬어 참된 성품을 스스로 쓰는 것이라 한다(名爲眞性自用).(《六祖壇經》般若品 第二 참조)

3·1운동을 거사하고 주도해 일제로부터 3년의 옥고를 거친 다음 한민족의 독립자존을 위해 뜻을 함께 했던 동지들이 하나씩 변절하고 배반하면서 한민족의 혈성을 흐리게 하는 현실 앞에 선 선사 만해의 각오야말로 진성자용의 선미를 더욱 다그쳤으리란 추리는 충분한 배경을 갖고 있는 셈이다.

그리고 선사 만해는 아주 새로운 시인으로 거듭나게 되는 영감을 얻게 되었던 것이다. 그 영감은 님을 통하여 창조력으로 용출되었다. 그렇지 않고서는 한민족의 시문학에 우뚝한 고전으로 존재하는 88편의 서정시를 한꺼번에 창출할 수 없는 까닭이다. 이제 시집 《님의 침묵》이 체험하게 하는 한민족의 서정세계로 들어가 보아도 될 것이다.

만해시 《님의 침묵》은 만해의 시조와 한시와는 다른 미적 존재들이다. 시조와 한시들이 보여주는 작품성은 치열한 창작을 거쳤다기보다 상념들을 전통적인 시 양식을 답습해 전

294

달하려는 詩話에 속한다. 그러나 《님의 침묵》 서정시 88편은
한민족의 정체성 즉 혈성을 본능적 정서로 체험하게 하는
'님'을 주인공의 詩象으로 등장시켜 새로운 한민족의 서정주
의를 창조해 내는 미적 존재들이다. 미적 존재란 아름다운
존재란 말이 아니다. 새롭게 스스로 느끼고, 스스로 새롭게
생각하고, 새롭게 스스로 이해하여 스스로 새롭게 판단하도
록 감성과 사유를 충전할 수 있는 예술작품을 미적 존재라고
한다. 《님의 침묵》 88편의 서정시는 한결같이 '님'을 미적 존
재로 체험하게 하는 존재들이다. 이러한 서정시들로써 한민
족의 혈성을 황홀하고 강렬하게 용출시킬 수 있었던 시인 만
해는 한민족 앞에 당당하게 다시 시적 선언을 할 수 있었다.

　　연애가 자유라면 님도 자유일 것이다. 그러나 너희는 이름 좋
　은 자유에 알뜰한 구속을 받지 않느냐. 너에게도 님이 있느냐.
　있다면 님이 아니라 너의 그림자니라.
　　나는 해 저문 벌판에서 돌아가는 길을 잃고 헤매는 어린 양이
　기루어서 이 시를 쓴다.(序詩 군말의 뒷부분)

　　시집 《님의 침묵》을 이끌어 가는 '님'을 무엇이라고 정의
한다거나 해석해서 개념화하면 안 된다. 개념화되면 지식이
될 뿐이다. 시는 지식의 창고가 아니다. 시는 체험하게 하는
생명체이다. 그러므로 《님의 침묵》의 서정시들이 詩象化하고
있는 '님'은 만해를 위한 대변인도 아니며 무엇이라고 결정
할 수 있는 어떤 개념도 아니다. 우리가 그 '님'을 만나면
그 '님'은 우리에게 한민족의 혈성을 체험하게 하는 강렬한

극중인물로 다가와 온갖 의미를 우리들로 하여금 아주 새롭게 맛보는 즐거움을 누리게 하는 것이다.

바람에 떨어지는 한 물건의 소리를 듣고 돈오했다는 선사 만해는 모국어 소리를 절창으로 뽑아낼 수 있는 감성이 체질화되어 있었던 모양이다. 다음의 절창을 들어 보라. 그리고 시 속의 詩象들을 따라 걸림없이 상상해 보라. 그러면 만해가 만들어 놓은 서정시가 가슴을 감동으로 울리게 하고 머리를 悅樂으로 채울 것이다.

희미한 졸음이 활발한 님의 발자취 소리에 놀라 깨어 무거운 눈썹을 이기지 못하면서 창을 열고 내다 보았습니다.

동풍에 몰리는 소낙비는 산모롱이를 지나가고, 뜰 앞의 파초 잎 위에 빗소리의 남은 음파가 그네를 뜁니다.

감정과 이지가 마주치는 찰나에 人面의 惡魔와 獸心의 天使가 보이려다 사라집니다.

흔들어 빼는 님의 노랫가락에 첫잠 든 어린 잔나비의 애처로운 꿈이 꽃 떨어지는 소리에 깨었습니다.

죽은 밤을 지키는 외로운 등잔불의 구슬꽃이 제 무게를 이기시 못하여 고요히 떨어집니다.

미친 불에 타오르는 불쌍한 영은 절망의 북극에서 신세계를 탐험합니다.

사막의 꽃이여, 그믐밤의 滿月이여, 님의 얼굴이여.

피려는 장미화는 아니라도 갈지 않은 白玉인 순결한 나의 입술은 미소에 목욕감는 그 입술에 채 닿지 못하였습니다.

움직이지 않는 달빛에 눌린 창에는 저의 털을 가다듬는 고양이의 그림자가 오르락내리락합니다.

아아, 佛이냐 魔냐 인생이 티끌이냐 꿈이 황금이냐.

작은 새여, 바람에 흔들리는 약한 가지에서 잠자는 작은 새여.

(〈?〉 全文)

만해의 감성이 얼마나 섬세하고 만해의 상상력이 얼마나 걸림없는지를 확인할 수 있다. 한시나 시조에서는 볼 수 없었던 시인 만해의 영감마저 창조력을 타고 폭발한다. 만해가 잡아내는 청각과 시각의 감성은 오관의 감각을 칼날 같은 촉감 위에 올려 놓아 황홀하고 화려한 詩象들로 하여금 詩想을 마술처럼 창출하도록 한다. 마치 그대여 자유인이다, 마음대로 느끼고 생각하면서 그대의 '님'을 사랑하라는 듯 미적 체험의 열락을 누리게 한다. "작은 새여, 바람에 흔들리는 약한 가지에서 잠자는 작은 새여." 이 시구는 무한히 체험을 자극하면서 무한한 의미를 맛보게 한다. 작은 새를 무엇이라고 명명할 것은 없다. 佛도 되고 魔도 되는 새라면 凡佛이 따로 없다는 禪家의 뜻이겠지만 俗人 중생이 민중으로서 체험하는 내용이야 선악인들 어찌할 것이며 길흉인들 어찌할 것인가. 미워도 사랑할 수밖에 없는 인연이라면 님 앞에 찬송할 수밖에 없다.

님이여, 당신은 백 번이나 단련한 금결입니다.

뽕나무 뿌리가 산호가 되도록 천국의 사랑을 받읍소서.

님이여, 사랑이여, 아침 볕의 첫걸음이여.

님이여 당신은 義가 무겁고 황금이 가벼운 것을 잘 아십니다.

거지의 거친 밭에 福의 씨를 뿌리옵소서.

님이여, 사랑이여, 옛 梧桐의 숨은 소리여.

님이여, 당신은 봄과 광명과 평화를 좋아하십니다.

약자의 가슴에 눈물을 뿌리는 자비의 보살이 되옵소서.

님이여, 사랑이여, 얼음 바다에 봄바람이여.

(〈讚頌〉全文)

　작고한 宋穉 시인은 그의 《詩學評傳》에서 만해의 〈讚頌〉에 붙여 "讚頌을 읊을 수 있는 우리는 행복하다."고 찬탄했다. 누구나 송욱의 찬탄을 과분하다고 말하지 못할 것이다. 〈讚頌〉을 읊으면 마치 禪家의 話頭가 현묘한 평정을 불러오듯이 들끓어 괴롭던 마음 속 격랑이 서서히 가라앉아 태풍 뒤의 정적처럼 萬象이 님의 얼굴로 저미어 온다. 천지에 님 아닌 것이 없다는 행복감을 주면서 살아 있다는 기쁨을 만끽하게 한다. 아마도 선사 만해는 시인으로 거듭나 88편의 서정시에 님을 초대하여 한민족의 혈성을 타고 흐르는 서정성을 체험하게 했다. 그리하여 《님의 침묵》은 현대시로 창조된 영원한 독립자존의 선언문으로서 우리와 함께 내내 살아서 말하고 있는 것이나.

韓龍雲 詩全集

2016년 4월 25일 개정판 발행
2017년 9월 30일 개정 2쇄 발행
●
지은이 / 한용운
엮은이 / 만해사상실천선양회
펴낸이 / 이규만
펴낸곳 / 참글세상
●
출판등록일 2009년 3월 11일 (제300-2009-24호)
우) 03149 서울시 종로구 인사동 7길 12 백상빌딩 1305호
전화 (02) 730-2500
팩스 (02) 723-5961
전자우편 kyoon1003@hanmail.net
●
ISBN 978-89-94781-42-6 03810